心残り繋ぎ屋

～白羽骨董店に想いは累ねる～

中原一也

二見サラ文庫

Illustration　アオジマイコ
本文*Design*　若杉葉子

C O N T E N T S

第一章

繋ぎ屋・由利千景

帰ってきて。必ず、生きて帰ってきて。

玄関から台所に繋がる廊下にある襖の向こうから、女の柔らかな声が繰り返し耳に流れ込んできた。誰に語りかけるでもない、祈りのような声だ。暗がりは子供には恐ろしいが、あまりに切実に囁くものだから樹はつい覗きたくなっていた。

静かな夜。静寂を微かに揺らすのはケラの声ばかりで、人の気配はない。

「だぁれ？」

襖を開け、背伸びをして電気のスイッチを入れる。六畳の畳部屋には、誰もいなかった。円卓や簞笥が置いてあり、部屋の奥には模様の入ったガラスの引き戸がある。その向こうは闇だ。祖父の営む骨董品店に繋がっている。

夏休みで父の実家に泊まりに来ていた樹にとって、店は秘密の宝庫だった。声はどうやらそこから聞こえてくるらしい。引き寄せられるように向かう。

「よいっしょ」

年季の入ったガラスの引き戸は、五歳の樹には開けるのに少し力が必要だった。微かな軋みを手に感じながら十五センチばかり開いて、中を覗く。だが、誰もいない。

祖父の骨董品店は闇に沈んでいるだけで、動くものは何もなかった。昼間も時の流れとは隔絶された静けさに包まれているが、夜はこの世とは違う世界みたいな姿で樹の前に広がる。

帰ってきて。必ず、生きて帰ってきて。

また声。今度は先ほどよりずっとはっきり聞こえた。しかし、単に声が大きくなったのとは違う。直接注がれるように、耳の中に誰かが入ってきたように、ダイレクトに伝わってくるのだ。いや、心にかもしれない。

「樹。なんしよるんね」

祖父に声をかけられ、樹は自分が店の隅に立っていたのに気づいた。覗いただけなのに、いつの間にここまで来たのだろう。素足に三和土(たたき)の冷たさが伝わってくる。

「裸足(はだし)で下りてから、何か面白いものでも見つけたね?」

「あのね、おじいちゃんのお店に誰かいるの。声が聞こえるの」

「そうかそうか」

祖父は目を細めて手招きすると、樹を抱きかかえてくれた。そうされると安心し、ぎゅっと抱きつく。そのまま店の中を見て回った。

「この前はね、男の人がいた。そこに座ってたの」

「見たんか。そらすごい」

「すごいの?」

「ああ、すごい。祖父(じい)ちゃんは見たことはない。聞いたことがあるだけや」

ふぅん、と相づちを打ち、年代物の和箪笥に取りつけられた飾り金具を眺める。古びたそれは、樹に何か語りかけているようで目が離せなかった。子供の興味を引くようなものではなかったが、なぜか樹はこういった古さに魅入られることがある。

「その人らとは何か話したか？」

「ううん。でもね、前に見た時はね、痛いって言ってた。背中が痛いって。おじいちゃんの知ってる人？」

祖父はしわくちゃの手を樹の頭に乗せると、首を横に振った。

「それはなぁ、想いだよ。ものに宿った想いだ」

「ものにやどったおもい？」

「そうだ。強い想いってのはなぁ、本人が死んでしまってもこの世に残るもんでなぁ」

「どうしたらいいの？」

「どうしようもない。消えるのを待つだけだ」

樹は胸の奥を軽くつねられたような痛みを感じた。手の届かぬところで疼くそれは、薬を塗ることも、息を吹きかけて和らげることもできない。

あの男の人は、今も背中が痛いのだろうか。

さっきの女の人は、誰の帰りを待っているのだろうか。

「樹もあるだろう？　あのおもちゃが欲しい。海水浴に行きたい。祖父ちゃんたちとお菓子を買いに行きたい。花火を買ってもらいたいってな」

「うん！　明日は一緒にお菓子と花火を買いに行くんだよね？」

楽しみにしていた予定を口に出すと、胸の小さな痛みは忘れた。店にいくつも並んだお菓子と大きな袋にたくさん入った花火を思い描いて、胸を躍らせる。

「祖父ちゃんとお菓子食べながら花火しような。夏休みは長いぞ。幼稚園が始まるまでに、まだまだやることがいっぱいあるからな」

「うん！　ビー玉が入ったラムネある？」

「さぁ、どうかな。祖父ちゃんと一緒に探してみよう」

「うん、探す！　ビー玉をね、こうやってね、瓶の中で回して遊ぶの」

ガラガラと音を立ててガラスの引き戸が閉められた時には、樹の心は明日のお菓子と花火のことだけになっていた。大好きな祖父に抱きかかえられ、布団の敷いてある部屋に入る。亡くなった祖母の仏壇がある部屋だが、怖くはない。優しかった祖母の写真はいつも樹に安らぎを与えてくれた。

「じゃあおやすみ、樹」

「おやすみなさい、おじいちゃん、おばあちゃん」

タオルケットをお腹にかけられると、睡魔はすぐに降りてきた。

七月の空は雄大な姿で樹の頭上を覆っていた。聞こえてくるのは蝉時雨ばかりで、夏休みに入ったにもかかわらず子供の声はしない。公園は無人で、遊具は無言で熱を発しているだけだ。

剝きだしの土が、光を反射して白々としていた。眩しくて、目を細めてしまう。

「あっつ〜」

歩いて二十分のコンビニエンスストアで飲みものを買ってきた白羽樹は、ペットボトルを開けて喉を潤した。こうも照りつけられては、体力がいくらあっても足りない。ここ数年で地球の温度は一気にあがった気がする。

小振りの顔と控えめな二重。鼻は少し低めで、唇は飲んだばかりの水で潤っていた。外見に特筆すべきものはなく、印象に残らない顔だ。集合写真では隅のほうに写っているタイプで、自己主張が少ない。あえて言うなら、髪が寝癖でよく跳ねているくらいだ。今日も朝に鏡の前で水で濡らして整えたのに、いつの間にかまた跳ねている。それが地味な顔立ちの樹をより野暮ったく見せていた。

また、膝下までのパンツから伸びた脚は白く、ひょろひょろと痩せた躰がシャツの中で泳いでいる。薄っぺらい胸板はコンプレックスのひとつだ。しかし、運動音痴と自分でもわかっているだけに、憧れの肉体を手にすることはそうそうに諦めている。

「アイスも買っときゃよかった」

祖父が亡くなり、骨董品店を始め三つある蔵の整理を頼まれた樹は休憩がてら飲みものを買いに出たのだが、この暑さにすでに参っていた。もともと体力のあるほうではない。

「普通にバイト探したほうがよかったかも」

共働きの両親に実家の片づけをする時間的余裕はなく、大学生になったばかりの樹に白羽の矢が立ったわけだ。夏休みのアルバイトがまだ決まっていなかったこともあって、泊まりがけで片づけることになった。

普段からあまり物欲もない樹には、ひと夏六万のアルバイトは十分な金額だが、初日にもかかわらず予想以上に過酷なのではと思いはじめている。

「おもちー。おもちー」

若い女性の声がして、樹は足をとめた。周りを見渡すが、人影はない。空耳だったかと歩きだそうとしたが、また聞こえてくる。

日差しに目を細めながらもう一度辺りを見回すと、公園の奥に二十代前半くらいの女性がいた。草むらを掻(か)きわけ、おもちー、と呼びながら何かを探している。必死だ。

それを眺めていると、彼女は樹に気づいて近づいてきた。手にキャリーケースを持っている。ペットの脱走だろう。

「あのっ、この辺で白い猫見ませんでした?」

「見てないですけど。猫ちゃん、行方不明ですか？」

「はい、そうなんです。キャリーケースの扉がきっちり閉まってなくて。もしこの子を見かけたらここに連絡いただけますか？」

渡されたチラシには、白い猫の写真とともに特徴が書かれていた。名前はおもち。雄の白猫で尻尾が長く、人懐っこくてお腹を撫でられるのが好きらしい。首周りの毛が一部抜けていて治療中。脱走した時は首輪は外していたが、痕跡はある。

書き連ねられた数々の特徴に、彼女がどれだけ大事にしているかが伝わってきた。

「この暑さだから、涼しいところに逃げ込んでるかもしれませんね」

「そうですよね。日陰をあちこち覗いてるんですけど」

「遊具の中は見ました？　今誰もいないから涼んでるかも。あ、僕見てきます」

必死に捜す彼女の様子に何かしたくなり、樹はいくつかある遊具を見て回った。しかし、猫の姿はない。公園をくまなく捜したが、どこにも見当たらなかった。

彼女のところへ戻ると、落胆した表情をされて気の毒になる。

「よかったらチラシうちに貼っておきましょうか？　通りがかった人が見るかもしれないし。たくさんあるなら、近所にポスティングしときますよ」

「えっ、いいんですか？　ありがとうございます！　お願いします！」

「家に帰る途中も猫がいないか気をつけて見ておきますね」

何度も頭をさげる彼女にお辞儀をし、猫を捜しながら骨董品店までの道のりを歩く。しかし、店に着いても手がかりひとつつなかった。

「そう簡単にはいかないか」

ガラス扉を開けて中に入ると、ひんやりとした空気に包まれた。店から部屋へあがってテープを取ってくると、道路に面した引き戸のガラスにポスターを貼る。見つかるといい。

ガラス戸を閉めた途端、蝉の声が小さくなった。外の世界と隔絶された気がして、静けさがより迫ってくるようだ。窓越しに空を見た。店内の薄暗さとはかけ離れた、景気のいい青空が広がっている。

入道雲がどことなく猫の形に見えた。

「今のうちに片づけるか」

休憩を始めて三十分を過ぎたところで、樹はダラダラしたがる自分に言い聞かせるように庭に出た。お天気アプリによると雨の心配はなく、樹は蔵の扉を開けて中に入った。窓も全部開け放して眠っていた蔵に空気を通す。

「うわー、なんだこれ」

古い和箪笥。積みあげられた箱。棚に並んだ陶器類。金庫まである。二階にあがると、さらに混沌（こんとん）としていた。手近の細長い箱を開けると掛け軸が入っている。

「わ、怖っ」

幽霊の絵だ。幽霊の掛け軸なんて誰が好んで飾るのだろう。薄暗い蔵の中で見るそれは、夜になると動きだしそうだ。祖父母の家に遊びに来た時はいつも誰かしらいたが、今回は樹一人だ。夜トイレに行けなくなりそうで、怖い妄想を断ちきる。

「まずは分類からだな。いったんいらなそうなものを外に出すか」

蔵の中には、使えそうにないゴザや蚊帳（かや）などの日用品も入っていた。熨斗（のし）がついたままの引き出物もある。捨てるものとリサイクルに出すものとを分けながら庭に出していく。

庭と蔵を往復して何度目だろうか。ふと、人の気配を感じた。蔵の出入り口に誰か立っていた気がするが、庭に出ても誰もいない。蟬が激しく鳴いているだけだ。

その日はひとつ目の蔵の一割程度しか分類できなかった。急ぐことはないと言われているが、ものが多すぎて途方に暮れる。そして、何より暑い。

翌日は早朝から作業を始めようと、早起きしてコンビニエンスストアに向かった。

「おもちー、おもちー」

また彼女だった。彼女も涼しいうちから捜索しようと思ったのだろう。これも何かの縁だと近づいていく。

「おはようございます。こんなに朝早くから猫捜しですか？」

「はい。お腹を空かせてると思うと、夜も眠れなくて」

心配そうな彼女を見ていると、何かしたくなった。蔵の片づけが待っているのはわかっていたが放っておけず、ポスティングを手伝うと申し出る。

「昨日もお世話になったのに、いいんですか？」

「コンビニに行くついでだから」

「すみません。じゃあこれ、お願いします。ありがとうございます。本当に助かります」

「はい。貰っていきますね」

彼女の持っているチラシを半分ほど引き受け、ポスティングを始める。空き家を見つけた。敷地を覗くと、雑草だらけで猫が好みそうだ。身を乗り出して中を覗く。

壊れた縁側や放り出されたバケツやプランター。動くものはないが、猫の気配を探す。

さらに身を乗り出したところで、いきなり肩を摑まれた。

「おい、何やってる？」

「――痛う……っ！」

喰い込んでくる指の強さに顔をしかめた。ふり返ると、長身の男が立っている。

樹は息を呑んだ。年齢は二十代半ばか後半くらいだろうか。不機嫌そうな男は、この暑さの中でも汗ひとつかかず樹を見下ろしている。切れ長の目に睨まれると、心の奥まで見られている気がして落ちつかない。

薄い唇が冷たそうな印象をさらに硬質なものにしていた。蒸し暑い夏の空気をも凍らせる特異な存在。

「あ、あの……っ」

大学に入って大人になった気分でいたが、彼こそ大人だった。

シンプルな白の開襟シャツに黒のスキニーパンツ。布の素材がいいのか、着こなしかたの違いか。ファストブランドで固めている樹とはまったく違う。飾らなくてもスマートな印象は真似できない。人混みの中にいても目立つだろう。

芸能人が纏(まと)っているオーラのようなものが、彼にはあった。

「その辺にしておけ」

「え？」

「その辺にしておけと言ったんだ」

一瞬、どういう意味かわからず戸惑っていたが、不法侵入でもしようとしていると勘違いされたと思い、慌てて弁解する。

「脱走した猫を捜してる人がいたから手伝っているだけです。この家の人ですか？」

「いや」

「茂みとかって猫が隠れてそうだから、覗かせてもらってました。中に入るつもりもないですし。あの……僕、何か気に障ることでもしましたか？」

「下心があるのか知らないけどな、余計なお節介はするな」

　男がふり返った先には、彼女の姿があった。おもちー、と呼びながら車の下を覗き込んでいる。彼の意図するところがようやく吞み込め、慌てて否定する。

「べ、別に下心なんて」

　疑う気持ちもわかるが、そのつもりがないから一緒に捜すと言わずにポスティングを申し出たのだ。このご時世、知らない男が親切心を見せて近づいてきたら警戒するだろう。その辺はわきまえているつもりだ。

「軽々しく他人に親切にすると、後悔するぞ」

　樹はムッとした。理由もなしに赤の他人に指図されたくはない。だが、こういうタイプの人間がいることも知っていた。

　樹は大学でボランティア系のサークルに入っているのだが、無償で他人に親切にしたい気持ちを疑ったり否定したりする人間は一定数いる。偽善者だとか鼻につくだとか、大抵そんな言葉を吐き捨てるのだ。特に匿名のＳＮＳでは毛嫌いされることもある。

「後悔なんかしませんよ」

　きっぱりと言うと、男は馬鹿にしたように鼻で嗤った。顔がいいだけに、蔑むような流し目を向けられると自分が悪いことをしている気分になる。

「あとで泣くなよ」

「どうぞお構いなく！」

語気を強めると、男は無言で立ち去った。スタイルのいい後ろ姿までもが自分をあざ笑っているように見え、面白くない。

「親切にして何が悪いんだよ。いいじゃないか。困ってるんだから」

チラシを配り終え、コンビニエンスストアで朝食を買って彼女のいたところまで戻ると、その姿はどこにもなかった。移動したのかと思い、そのまま帰る。

骨董品店に戻った樹は、店の引き戸を見て立ちどまった。

「あれ……ない」

ガラスに貼っていたチラシがなくなっている。チラシの四隅の位置にテープが残っているだけだ。扉の内側に貼ったから風で飛んでいくはずもない。誰かがイタズラしていったのだろうか。

ふいに先ほどの男の顔が浮かんだ。

親切心を鼻で嗤うような人を喰った態度が印象的だった。見てくれがいいだけに、そういった態度すらどこかサマになっている。

「一枚くらい残しときゃよかった」

男のことを頭から追いやり、店から家に入った。また彼女に会ったらチラシを貰おうと思い、買ってきたおにぎりで手早く朝食を済ませて蔵の片づけを始める。

この時、樹は自分が厄介ごとに巻き込まれているなんて、気づいていなかった。

それは音もなく近づいてきて、気がついた時には取り返しがつかなくなっている。満ち潮になると、陸地と繋がる道が海に沈む孤島と同じだ。再び道が繋がれば帰れるだろうが、それまでに生きていられるとは限らない。

危険に足を踏み入れている自覚はなく、樹は翌日も同じ過ちを犯してしまう。

「おもちー」

聞き慣れた声に、樹は公園に入っていった。今日もキャリーケースを手に草むらを覗き込んでいる。おはようございます、と声をかけ、昨日の出来事を話してチラシを分けてくれと頼んだ。

「すみません、きちんと貼っておいたつもりなのに」

「手伝ってくれてるのに、謝ることないです。そもそも言わなきゃわからないのに」

「あ、そうか」

樹の言葉に彼女は破顔した。初めて見る笑顔だ。

「いい人なんですね。ありがとうございます」

「いや……だって親切心見せておいて無責任ってのは罪悪感があるじゃないですか」

「それがいい人って言うんじゃないですか?」

彼女と打ち解け、おもちについて少し話をする。

「子供の頃に拾ったんです。ガリガリで毛も半分くらい抜けててボロボロで。寄生虫もすごかったんですよ。あんな小さな躰で頑張って生きてたんだなって」

スマートフォンには、おもちの写真や動画がたくさん入っていた。拾った頃の話が嘘のように丸々太っている。毛艶もいい。同じような写真も多いが、どれも幸せそうだ。彼女の手に鼻を擦りつけている動画は心が和む。

「このゴロゴロって、喉を鳴らしてる音ですか?」

「そうなんです。おかしいでしょ。バイクのエンジン音みたいに大きくて。それに宿題をしている時は、わざわざノートの上に乗ってきて邪魔をしてたんです」

想い出に目を細めていたが、おもちがいないことを実感したのか、みるみるうちに目に涙をためる。

「厳しい世界で生きて、頑張ったねって、うちに辿り着いてくれてよかったって、いつも言ってたんです。それなのに私の不注意で……っ」

今頃何をしているのだろう。行方のわからない大事な相手を思う心は震えている。

「僕も一緒に捜しましょうか」

「え? ……いいん、ですか?」

ひくっと嗚咽を漏らしながら、彼女は涙を拭いた。もちろん、と力強く返す。

その時、ふと誰かに見られている気がした。顔をあげて辺りを見回す。

あの時の男だった。道路から樹たちを眺めている。今日は朝から夏日だが、彼の視線は真夏の蒸し暑い空気を貫くような冷たさで樹のところまで届く。

目にするものを白いヴェールで覆う強い日差しの中で、それは批判的な色を放っていた。

「なんなんだよ」

余計なお節介と言いたいのだろう。蔑みすら感じる視線に、助かると本人が言うのだからこれでいいんだと心の中で反論した。

しかし、すぐにその自信はいとも簡単に崩れ去る。

「あれ……？」

ものの十分もしないうちに、彼女の姿がないことに気づいた。移動するなら声くらいかけてくれればよさそうなものを……、とその行動に少しばかり違和感を覚える。かくれんぼで鬼に見つけられず、そのまま存在を忘れられて置いてけぼりを喰らった気分だ。

ほらみろ、と嗤う男の姿が脳裏に浮かび、それを振り払う。

いいや、彼女は必死なだけだ。

すぐに戻ってくるかと思ったが、十分経っても声すらしない。やめ時がわからずに五分ほど捜したが、一人取り残された樹は切りあげることにした。

とぼとぼと歩きながら、ふと本音が漏れる。

「僕、軽く見られてるのかな」

その問いに答えてくれる者はなく、蟬の狂騒がわんわんと耳に響くだけだった。


猫を捜す彼女と出会って、五日が過ぎていた。

夜、シャワーを浴びながら、樹は難しい顔をしていた。初めて出会ってから毎日遭遇している。一緒に捜すと言ってからは、三回だ。三回とも捜している最中に彼女は何も言わずに姿を消した。

「つきまといと思われてたりして」

美形の男に言われた「下心」という言葉が脳裏に浮かぶ。

本当は迷惑だったのかもしれない。本人がいいと言ったからいいとは限らないのだ。怖くて断れなかった可能性を考えなかった自分に頭を抱えた。

「うわ、もしかして空気読めてなかった？　ヤバい奴だろそれ」

ひとたびそのことに気がつくと、自分がどれだけ危険な男に見えたのかを思い知り、恥ずかしくなる。

見知らぬ男を怒らせないよう、細心の注意を払って愛想よく振る舞ったに違いない。逃げたかっただろうが、猫の捜索をやめるわけにもいかない。八方塞がりだったはずだ。恐怖でしかなかっただろう。

「明日から道変えよう」

買いものついでだったが、もう二度と顔を合わすまいと誓った。警察に通報されなかっただけマシだ。忠告してきた男は、このことが言いたかったのだ。きっとそうだ。

汗を流し終わり、風呂場から出てきた樹は冷蔵庫の前で喉を潤した。恥ずかしくていたたまれない。

その時、すみません、と声が聞こえた。空耳かと思ったが、また聞こえてくる。骨董品店のほうだ。六畳の畳部屋から店を覗く。

「あ……」

猫を捜している彼女だった。店の出入り口に立っている。急いで開けると、彼女は縋(すが)るような目で樹を見あげた。

「こんばんは。すみません、こんな遅くに」

「いえ」

「一緒におもちを捜してくれませんか？」

驚いた。

ほんの今まで自分の非常識な行動に戦慄していただけに、つきまといと思われていなかった安堵(あんど)が広がる。しかし、同時に戸惑いもあった。

もう九時を回っている。通りすがりに猫探しを頼むのとはわけが違うのだ。しかも、声もかけずに三回もいなくなった。また置いてけぼりにされるかもしれない。

「あの……駄目でしょうか?」

彼女は上目遣いで樹を見た。思いつめた目をされると断れない。おもちを思って涙を流す彼女に、嘘はなかったはずだ。

「わかりました。夜のほうが過ごしやすいから、猫も出歩いてるかもしれませんよね」

「あ、ありがとうございます!」

パッと表情を明るくされ、声もかけずに立ち去られたことなどすぐに忘れた。やはり必死になるあまり、忘れたのだろう。そう思うことにする。

彼女と二人でいつもの公園に向かい、猫を捜しはじめた。

まだ蒸し暑いが、蝉の声もせず、公園は昼間の酷暑とは別世界のように静まり返っている。

「おもちー、おもちー」

草むらや物陰、溝の中などくまなく捜して回った。

「捕獲器があればいいんですけど。あ、そういえば大学の友達に聞いたんですけど、飼い主の匂いのする衣服とかを捕獲器に入れて置いておくといいらしいですよ」

樹の提案は聞こえていないのか、おもちー、と彼女の声が闇に響く。

「この付近の家の人に頼んで、庭に捕獲器を置かせてもらうってのもひとつの……」

ふり返ると、誰もいなかった。ほんの今まで背後で猫の名を呼びながら捜していたのに、彼女の姿はどこにもない。さすがに啞然とする。

「え、嘘だろ。また勝手にいなくなっ……、……た……」

言いかけて、樹はあることに気がついた。

「あれ、僕……骨董品店にいるって教えたっけ?」

記憶を辿るが、彼女に自分の素性を明かした記憶がまったくないのだ。名前すら伝えていないし、樹も聞かなかった。あとをつければ簡単にわかるだろうが、そんなことをする理由が思い当たらない。

ゾクリと背中に悪寒が走った。美形の男が言った言葉が蘇る。

『知らないぞ』

何があっても知らないぞ。

あれは、こういう意味だったのか。あの目は何か言いたげだった。ただの偽善者批判ではなく、何か察していたのかもしれない。

周りを見ると、暗闇に街灯の白い光がぼんやりと浮かんでいるだけだった。ジジッ、とどこかで蟬が鳴く。断末魔のようなそれが、一瞬にして夏の夜を恐怖に染める。

生温(なまぬる)い湿った風が吹いてきて、無人の公園がとてつもなく不気味に見えてきた。

「嘘だ嘘だ嘘だ……っ」

樹は全速力で祖父母の家に走った。

はぁ、はぁ、はぁ、と聞こえる自分の息遣いすら、恐怖を大きくするものでしかない。オカルトの再現ドラマによく使われる演出と同じだ。何か得体の知れないものが自分を追いかけてくるようで、後ろを振り向くことすらできない。

家に辿り着くとテレビをつけ、バラエティ番組を流した。音量をあげて笑い声で部屋を満たそうとするが、誰もいない家に響くテレビの音は静けさをより際だたせる。しかも古い家だ。ところどころにある闇に何かが潜んでいそうで、さらに怖くなった。CMに切り替わった途端、音量があがって、そんなことにすら心臓が大きく跳ねる。

一度怖くなると、恐怖は和紙に染みた墨汁のように広がった。心に浸食してくる。

「ね、寝よう」

二階の部屋に行き、灯りをつけたまま布団を被った。だが、悶々(もんもん)とするだけで睡魔は一向に降りてこない。

公園から自分をつけてきた『人ならぬ者』が潜んでいるのではないか。それはもう樹に取り憑(つ)いているのではないか。想像が想像を呼ぶ。

樹は、彼女に関わったことを心底後悔していた。

翌日、樹は太陽が高いところに昇るのを待って公園に向かった。相変わらず蟬の声で世界は満たされていて、昨夜のゾッとする怖さはなくなっていた。太陽のありがたみを感じる。思わず空に向かって手を合わせた。

「まだ猫を捜してるのか？」

声をかけられ、樹はドキリとした。あの時の男だ。相変わらず整った顔だが、視線も態度も冷たく、樹を見下ろす表情は呆(あき)れと蔑みに満ちていた。

「あの、この前のことなんですけど」

冷めた流し目に思わず躊躇(ちゅうちょ)したが、夜はまたやって来る。一人悶々と古い家で過ごすのは嫌だと、恥を忍んで聞くことにした。

「この前はすみませんでした。質問があるんですけど」

「なんだ？」

「どうしてその辺にしておけなんて言ったんですか？　余計なお節介はするなって」

男は黙ったままだ。今頃か……、と嗤っている。

「教えてください」

「偉そうに後悔なんかしないって言ったのは、どこのどいつだったっけ？」

う、と唸った。確かにせっかくの忠告を無下にしたのは自分だ。今思い返すと、態度も悪かっただろう。

「どうぞお構いなく、とも言ったなぁ」

明らかに他人を虐めて楽しむ嗜虐的な笑みに、思わず反論した。

「ひ、人にお節介はするなって言ったけど、自分だって僕に忠告したじゃないですか。それはお節介じゃないんですか？」

「お前、喧嘩売ってんのか？」

「違いますすみませんっ」

焦るあまり失礼なことを言ったのを反省し、もう一度態度を改める。

「この前のことは謝ります。僕が生意気でした。あなたの忠告に耳を傾けるべきでした」

男は軽くため息をついた。視線が和らぐ。

「お前何者だ？」

「普通の大学生ですけど。あ、この近くの骨董品店にいます。祖父ちゃんが他界して、蔵の中とか店とかを片づけに来てて」

「なるほど。骨董品店の爺さんの孫か」

「祖父ちゃんを知ってるんですか？」

「いや。知り合いじゃない。あの店によくいたんなら、あれが見えてもしょうがないと思ってな」

「あれ？」

男は意味深な視線を樹に送ってくる。その視線にさらされていると喉が渇いてゴクリと唾を呑み込んだ。知りたくない事実があると想像がつく。怖いが、知らなければならない。この先も得体の知れないものに怯（おび）え続けるのは嫌だ。

「あれはものに宿った想いだ。人間じゃない」

人間じゃない。

その言葉を繰り返し、背筋が凍った。顔が引き攣（つ）っているのが自分でもわかる。

男はそれを『心残り』とも表現した。誰かへの想い、愛情、憎しみなど。それが強いと本人がこの世を去っても思念がものに宿って残ってしまう。

「本人からちぎれた本人の一部みたいなもんだ」

樹の脳裏にある記憶が蘇った。祖父が生きていた頃、似たようなことを言われたことがある。誰もいるはずのない骨董品店で、女の人の声を聞いた時だ。

柔らかな声で、誰かに帰ってきてと願っていた。生きて、帰ってきてくれ、と……。

『それはなぁ、想いだよ。ものに宿った想いだ』

祖父の優しい目を覚えている。消えるのを待つしかないと言われたのも。

「何か覚えがあるのか？」

「あの……っ、子供の頃、祖父に同じようなことを言われたのを思いだしました。あの時も僕は店の中で何か聞いたんです。人じゃないものの声を」

男は軽く嗤った。そういった現象をよく知っているという態度だ。

男が言うには、想いはもとの人格のまま残っており、時間が経つといずれ消える。

「彼女は生きた人間じゃないんですね」

「ああ、猫を見つけたいって気持ちだけだ。普通の人間に影響を及ぼすことはない。だが、生前の人格が当てにならないこともある」

「当てにならないことも……ある？」

「人格が崩れて悪さをするようになるって意味だよ。ごく稀(まれ)なケースだけどな」

その時、また聞こえた。おもちー、と。

猫を捜す彼女の声に、背筋がゾッとした。もう生きている人ではないとわかった途端、恐怖が迫りあがってくる。取り憑かれたのでは……、と思い、いや相手は幽霊じゃないと自分に言い聞かせるが、その想いとやらが自分の周辺を彷徨(さまよ)っているのは間違いない。

「ま、俺には関係ない」

それだけ言い残し、男は立ち去ろうとした。これだけ言って放り出すなんて……、と慌てて引きとめた。

「ちょちょちょちょちょちょっと待ってくださいっ！　ものに宿った想いって、自然に消えるんですよね？　俺大丈夫ですよね？」

　摑んだ腕を冷たく見下ろされ、パッと放す。

「それとも僕、取り憑かれたんでしょうか？」

「波長が合ったのは事実だな。しかも、お前は忠告を無視してがっつり関わった」

「じゃあ、消えないってことですか？　どうにかなりませんか？」

「腹ぁ減ったなぁ」

　歌うように言われ、それはそうだとため息をついた。知り合ったばかりの人にものを頼むのに、タダというわけにはいかないだろう。

「奢(おご)ります。何がいいですか？」

「奢る？」

　静かだが、キン、と冷えた声が突き刺さる。怒るところなのかと思ったが、よく考えると確かに頼みごとをするのに「奢る」はないだろうと反省する。

「お昼、ご馳走(ちそう)させてください」

「お前に借りを作る気はないぞ」

　ますます冷たい目をされ、慌てて言いかたを変えた。

「すみません。そうでした。えっと……報酬としてお昼代出すので教えてください」

「初めからそう言やいいんだよ」

ようやく正解に辿り着いてホッとする。面倒臭い人だと思うが、今はこの男しか頼れないのだ。何を言われても、男の気に入るようにするのが賢い。

「俺は高いぞ」

ふ、と口元を緩められ、危険なものを感じた。一瞬、詐欺の類いではないだろうかと思ったが、確かに彼女はいる。

おもちー、と樹を急かすようにまた声が聞こえてきて、背に腹は代えられないと、慌てて男を促してその場を離れた。


ランチタイムを過ぎたファミリーレストランは、半分ほど席が空いていた。高校生の集団が少しうるさいが、他の客の会話はほとんど聞こえない。メニューを開き、前の席に座る男を覗き見る。

男は『由利千景（ゆうりちかげ）』と名乗った。歳は二十六。

視線が下に向けられていると冷たさは和らぎ、目許が涼しげに見えた。顎の輪郭や襟元から覗く喉仏が大人の男といった感じで、まだ幼さの残る顔立ちの樹のコンプレックスを刺激してくれる。

「ファミレスか。ま、今日は急だったからここで我慢してやるよ」

店員が注文を取りに来ると、由利はステーキとハンバーグのセットとミートドリアを注文した。当然のようにドリンクバーもつけると言ったあと、デザートのページを開く。

スタイルがいいのに結構な大喰いだ。次々と注文する由利に財布の中身が心配になるが、仕方がないと樹も奮発してステーキとハンバーグのセットとドリンクバーにした。

飲みものを取りに行こうとして、短く言われる。

「カフェオレ」

持ってこいと言っているのだろう。横柄な態度に堪えろ堪えろ、と念仏を唱えるように自分を宥めて従う。

カップをふたつ持って席に戻ると、由利の前にカフェオレを置いた。

「あんなにはっきり見えるのに、彼女がもう死んでるだなんて信じられないです」

「せっかくの忠告も無視したくらいだからな」

胸にグサリと槍でも突き立てられた気分だ。しかも、競技用の重くて長い槍だ。由利の容赦ない言いかたが言葉をより鋭利に、重厚にする。

「そういえば彼女から貰ったチラシを貼ったのに、なくなってたんですよね」

「そうだろうな。実体がないんだから初めから受け取ってないんだよ」

「じゃあ、ポスティングしたチラシもですか？」

「そうしたつもりになってるだけだ。稀だが、時々あるんだよ。お前ら、相当波長が合ったみたいだな」

手にしたのに。感触がちゃんとあったのに。あれが幻覚のようなものだなんて。

「なんかちょっと……よく理解できません」

「だろうな、ボンクラ。わからないなら最初から深く考えるな」

口が悪い。

はは……、と引き攣り笑いを浮かべるのと同時に「お待たせしました」と店員が料理を運んできた。鉄板がジュウジュウと音を立てている。

「彼女、骨董品店まで来たんです。あの……どうすれば解放されるんでしょうか」

「お前は落ちついて喰えないのか」

「あ、すみません」

いただきます、と言って肉にナイフを入れた由利は、あーん、と大口を開けてハンバーグを頰張った。樹が抱えた問題などには興味ないというように。

食べるだけ食べて消えるつもりじゃないだろうかと思っていると、心を読んだかのように由利はため息をつく。

「一度引き受けたんだ。ちゃんと最後まで世話してやる。これでもプロだからな」

「プロ？」

由利はものに宿った想いを拾いあげ、それを伝えることを生業（なりわい）としているという。

「そういう商売が成り立つんですね」

「信じる奴は金を払うからな。インチキも多い。お前、騙（だま）されるなよ」

一番人を騙しそうな男が何を言う、と突っ込みのひとつでも入れたかったが、さすがにやめておいた。まだこういう冗談を言っていい仲ではない。

「お前は今、ロックオンされてる状態だ。普通の人間は見えないものをお前は見てしまった。手助けまでしたしな。そうすりゃどうなるかわかるだろう」

「つまり、もう自然には消えないってことですよね？」

「だから関わるなって言ったんだよ」

霊はそれが見える人に頼るという。だから無視しろと。ものに宿った想いも同じなのだろう。手助けしたことが、自然に消える可能性を潰した。

「公園周辺に想いが宿った何かがあるはずだ。まずそれを探せ」

「は、はいっ」

一歩進展だ。それが見つかれば、彼女の想いから解放される。

樹は意気揚々とハンバーグを口に運んだ。肉汁が溢（あふ）れてトマトソースやチーズと絡んで口の中が幸せになる。けれどもすぐに気づいた。

「あの……、で。その実体のある何かってなんでしょう」

「知るか」

笑顔のまま固まった。人生はそこまで甘くない。課題が難しすぎて先が思いやられる。

樹は、ゆっくりと咀嚼しながら由利が食べる様子を目に映した。

ハンバーグの肉汁を吸ったフライドポテトが美味しそうだ。由利はそれをフォークでグサリと刺して口に運ぶ。いんげんが鉄板で焼かれて火が通りすぎているが、それはそれで美味しいと樹は知っている。人参のグラッセが隅に追いやられていた。ほんのりと甘く味つけられたそれは美味しいが、由利は嫌いらしい。

「何ジロジロ見てるんだ？」

「あ、すいません。探す対象がわからないのに探しようがないなって思って」

「とにかく実体のあるものだ。想い出の品とか、たとえば事故に遭った時にスマホを落としたとかな。猫の写真がたくさん入ってるなら想いは宿りやすい」

「他にはどんな？」

ジロリと睨まれ、「自分で考えます」と言う。最後のひと切れが由利の口の中へ消えると、黒い鉄板に鮮やかなオレンジ色の人参が残されていた。

「それって見つけたらわかるものなんですか？」

「お前にわかるかは微妙なところだな」

「由利さんはわかるんですよね」

「ああ、触れればどうしてものに想いが宿ることになったのか、その『背景』が見えるからな。なんでもいいからあの周辺に落ちてるもんを俺によこせ。視(み)てやる」

由利がミートグラタンに取りかかると、チーズが糸を引いた。運ばれてきた時は地獄の釜のようにぐつぐつとしていたが、今は落ちついている。ちょうどいい熱さになっているのか、由利はそれもあっという間に腹に収めた。

さらにデザートが運ばれてくる。ボリュームのあるチョコレートパフェだ。

「欲しいのか?」

「え?」

「お前にはやらん」

「欲しいとは言ってないじゃないですか」

由利はその細い躰のどこに入るのかと思う勢いで、それも完食する。

支払いを済ませて店を出ると、刺さるような真夏の日差しが降り注いでいた。いったん引いた汗が再び噴き出し、肌が熱を持つ。

公園に戻り、さっそく何か落ちていないか探しはじめた。雑草を掻きわけ、ベンチの下を覗き、遊具の隙間に手を突っ込んでみる。隣の空き地も覗いた。

「探せ探せ。死に物狂いで探せ~」

由利は道路沿いの数少ない日陰に陣取り、揶揄とも応援とも取れない言葉を送ってくる。蝉時雨がわんわんと空気を揺らしていた。風が吹いても熱風で涼しくはない。汗がダラダラと額から流れ落ち、Tシャツの中で泳ぐ細い躰にも滝のように汗が伝っていた。

どのくらい経っただろう。途方もない作業に疲れ、身を起こして背筋を伸ばした。少しくらい手伝ってくれればいいのにと、由利をふり返る。

「一緒に探してくれな……」

言いかけて、言葉を呑み込んだ。由利がいない。忽然と姿を消した。

「えっ、ちょ……っ。まさか逃げた？」

大学生相手に大人がそんなことをするのかと思うが、あの男ならやりかねない。

「じゃあ、ものに宿った想いって話も？」

騙された。

唖然とするあまり、怒りを通り越して呆然としていた。激しい蝉時雨が、置き去りにされた樹をはやし立てているようだ。

置いてかれた。置いてかれた。置いてかれたぞ。

「嘘だろ」

ゾンビのように両腕をダラリとさせ、立ち尽くす。立ち直れそうにない。だが、深々とため息をついた瞬間、名前を呼ばれた。

「何サボってんだ。探せ探せ～」

道路のほうから由利が歩いてくるのが見える。その手にはソーダアイスが握られていた。

「お前にはこれ買ってきてやったぞ。躰冷やせ。熱中症になるぞ」

ペットボトルを投げてよこされ、慌てて摑む。凍らせたスポーツドリンクだ。

「お前、俺を疑っただろう」

由利はそう言ってソーダアイスにかぶりついた。当たっているだけにバツが悪い。

彼が浮かべた笑みはサディスティックで、恐ろしく似合っていた。性格の悪さが魅力的に感じられるほどに。

「人が悪いですよ」

首の後ろにペットボトルを当てると、汗がスッと引いた。


捜索開始から二時間が過ぎただろうか。樹は金鉱を掘り当てたような顔で声をあげた。

「なんかある！」

公園の隣の敷地に、猫の首輪のようなものがある。コニファーの根元だ。

「中に手ぇ突っ込んでいいかな」

家を覗いたが、人の気配はなかった。それでも一応は、とチャイムを鳴らしに行ったが、誰も出ない。留守だろう。棒を拾ってきて、金網の間から差し込んでたぐり寄せる。だが、地面の凹凸や枯れ葉に阻まれてほとんど動かない。

「なんだ、見つけたのか」

「はい。猫の首輪みたいです」

「中に入ればいいだろう」

「勝手に入ったら駄目ですよ」

「とっとと入れ。お前がぐずぐずたぐり寄せるのをじっと見てろっていうのか」

パンッ、と軽く尻に蹴りを入れられた。気が進まないが、由利に機嫌を損ねられたら面倒そうだ。

すみません、と心の中で家主に謝ってフェンスを乗り越える。急いで拾って戻った。

「やっぱり首輪でした」

雨風にさらされて随分汚れているが、首輪のチャームに『おもち』と書かれてある。

「――っ!」

その瞬間、ドン、と一瞬で辺りの空気が入れ替わった感覚があり、目の前に現実とは違う景色が広がった。うっすらと靄(もや)がかかったようなそれは、次第にはっきりしてくる。

「おもちー、おもちー」

彼女が猫を捜していた。ぐずついた空が、今にも落涙しそうだ。不安な気持ちが空に映し出されたように、暗い色の雲で覆われている。

ジメジメした空気が漂っていて、それは悲しみに濡れる彼女の心そのものだった。

おもちが逃げて、もう二週間になる。

なぜか樹にはそれがわかった。この二週間、彼女は毎日ここで猫を捜した。

お腹が空いていないだろうか。怖い思いをしていないだろうか。ボス猫に襲われていないだろうか。

その脳裏には、おもちに降りかかる災難が次々と浮かんでくる。大事にしている猫だ。子供の頃から毎日一緒で、夜は布団に入ってきて、ゴロゴロと喉を鳴らしながら添い寝をしてくれた。肉球の匂いを嗅ぐと、いつも幸せの匂いがする。

「あ、もうこんな時間」

ベンチに座り、スマートフォンで天気予報を確認する。明日は朝から雨。スマートフォンにため込んだおもちの写真を指で撫で、溢れるまま涙を流す。

「ぅ……っく、……ぅう……っ、どこに……いるの？」

途方に暮れていた。できることは全部した。ＳＮＳへの投稿も欠かさない。【拡散希望】と書いて、毎日インターネットの親切な住人に訴えている。

彼女はおもちがつけていた首輪をポケットから出し、祈るようにしっかり握った。

おもち。とうとう梅雨入りしたね。ごめんね、見つけられなくて。でも、絶対見つけるから。必ず迎えに行くから。

決意を新たに、涙を拭いて再び捜索を始める。

それから何日もが過ぎた。

目撃情報が入ると、すぐさま飛んでいった。違う猫とわかって落胆もした。だが、希望は捨てない。捨てたらおもちは二度と見つからない。つらい思いをしているのはおもちなのだ。絶対に諦めない。

そして――。

その日は梅雨の終盤らしい空模様だった。空がずっと唸っている。ひと雨来そうだ。

「あの空き家のところにいたんですか？」

「ええ。その猫ちゃんかどうかわからないんですけど。違ったらごめんなさい」

「いえ、違っててもいいんです。連絡いただいてありがたいです」

彼女は公園に来ていた。この辺りで白い猫を見たと連絡があったからだ。休みの日だけではなく、平日も仕事が終わって猫を捜しに来る彼女は近所で噂になっていたようだ。

住人曰く、ここ二、三日、何度か見ているという。

「やっぱりまだこの辺にいるんだ。おもちー」

辺りを見回しながら、大好物のおやつを手に捜す。飽和状態の雨雲が、堪えきれずに雨粒を零した。アスファルトに黒い染みが広がる。

その時だった。

「おもちっ！」

白い猫らしきものを見つけた彼女は、叫んだ。周りなど見ていなかった。走っていく白い影だけだ。彼女にはそれしかなかった。確認しようと道路に飛び出す。

タイヤの悲鳴。衝撃。キャリーケースが壊れる音。

自分に何が起きたのか、彼女にはわからなった。ただ、躰が動かない。追いかけたいのに。見つけたいのに。あの白い影がおもちかもしれないのに。

バラバラバラ……ッ、と音が鳴った。勢いよく降りだした雨が地面を濡らしている。ゲリラ雷雨はあっという間に周りの景色を一変させていた。側溝から溢れた水が道路に倒れた彼女にも迫ってくる。

「おもち……」

目の前のアスファルトを雨が勢いよく流れていくのを、彼女はただ見ていた。見ることしかできなかった。

あれはおもちだったのかな？　きっとおもちだよね。おもちなら戻ってきて。神様お願いします。おもちをわたしのところに戻してください。わたしの宝物なんです。

もう二度と、あんな不注意は起こしませんから。

自分の命が消えようとする瞬間も、彼女はかわいがっていた猫のことだけを考えていた。

ハッとし、樹は目を見開いたまま由利を見た。冷静な表情に、自分が今何をしていたのか思いだし、混乱する。

「なんですか、今の……」

驚いていると、由利は「へぇ」と面白そうに笑った。

「俺がいつも見ているもんだよ。俺もそれに触って想いが宿るに至った『背景』を見たんだ。車とぶつかってかなり吹っ飛んだからな。首輪も飛んでったんだろう」

さすがだ。由利は樹より詳細まで見ていた。彼女のフルネームも判明したという。松本和香。駆けつけた救急隊員とのやり取りからわかったという。

「猫がどうなったか突きとめれば、想いは消えるんですよね？」

「そのまま野良になってたら、捜しようがないな。野垂れ死んでるかもしれない」

「そんな言いかた……っ」

「そもそもいつの話かはわからないんだぞ。何十年も前ってことはないだろうが、一年前か五年前か。猫の寿命が尽きてる可能性もある」

目頭が熱くなった。自分のペットじゃないのに、彼女の想い出を垣間見たせいか、自分の大事な猫を失ったような気持ちになる。

「共感力がありすぎるんだよ、お前は。だから、想いにつけいられる」

だが、覗いてしまった。彼女の猫を想う気持ちを。愛情を。

「首輪を貸せ」

「どうするんですか？」

「燃やす。こんなもんをいつまでも持ってたらよくないぞ」

「そんな……っ。彼女の想いを無視しろっていうんですか？」

「甘ったれだな、お前」

呆れ顔の由利を見たのは、何度目だろうか。知り合って間もないのに、よくこんな顔をされる。自分でもわかっているが、この気持ちはどうしようもない。

「だって……かわいそうじゃないですか」

「知らないぞ。お前は今、ロックオンされた状態だと言っただろう。ごく稀なケースになるかもしれないんだぞ。わかるか？」

わかる。本来なら自然に消える想いが、余計なお節介をしたおかげで完全に頼られた。

「燃やすしかないんだよ。悪さをするようになったら遅いんだ。俺の手に負えなくなる可能性だってある」

それでもこれだけの想いを燃やすだなんて、抵抗があった。

言葉にしなかったが、樹の表情から読み取ったのだろう。軽くため息をつく。

「二週間だけ預かってやる。その間に猫がどうなったか調べろ。二週間経ったら燃やすからな。スマホよこせ。俺の連絡先教えとくから」

連絡先を交換したあと、じゃ、と言って軽く手をあげて帰る由利の後ろ姿を黙って見送った。二週間。二週間の間におもちがどうなったのか、突きとめなければならない。

その時、おもちー、と声が聞こえた。

お願い、捜して。私のおもちを捜して。

まるで首輪に宿った彼女が樹にそう訴えているようだった。肉体を失った自分には何もできないから、あなたが代わりに捜してと。

それからサークルの友人にチャットアプリで猫の捜索の仕方を聞いた。野良猫保護のボランティアをしている子で、こういったことに詳しい。捕獲器のアドバイスをしてくれたのも彼女だ。逃げた猫を捜したいと伝えると、詳しく教えてくれる。

「えーっと、警察と付近の保護団体と、保健所ね。ありがとう」

アドバイスどおりに警察と保健所に電話をしたが、空振りだった。この辺りで活動している保護団体からも情報は出てこなかったが、個人的に活動している人もいるという。知り合いに何人かいるから手当たり次第聞いてみると言われ、お願いしますと頭をさげて電話を切った。

それから三日後。保護団体からおもちの情報が入ってきた。樹がチラシで見た特徴そのままで、すぐに施設に行ってみることにする。

「こんにちは。すみません、電話した白羽という者ですけど」

「あ、はい。どうぞ中に入ってください」

保護団体の施設を訪れると、代表を名乗る三十歳前後の女性が出てきた。部屋の中にはケージがたくさんある。子猫から成猫まで十匹以上はいた。

「今、飼い主を探している子たちです」

「そうですか。君たちいいおうちが見つかるといいね〜。あ、これ少ないですけど」

差し入れのキャットフードを渡し、募金箱に小銭を入れる。女性は丁寧に頭をさげた。

「うちが直接関与したわけじゃないんですが、去年のお盆明けくらいにガリガリの猫が庭で行き倒れてるって連絡があって、白い猫を保護したらしいんです。脱水もひどくて。飼い主を捜してたら、うちのスタッフの知り合いにチラシを持ってた人がいたんで連絡を取ったようなんですけど、電話が繋がらなくて」

何度もかけたが結局一度も繋がらず、そのうち使われていないというメッセージが流れるようになった。捜すのを諦めたのだと判断し、新しい飼い主を募って譲渡したという。

「首のところが禿げてて治療中だったみたいだし、多分あのチラシの子だろうってお伝えしたんです。そしたら、新しい飼い主さんも『おもち』って名前にされたようです」

彼女だ。彼女の猫だ。飼い猫として幸せに暮らしている。おもちの動画を見ながら涙ぐむ姿を思いだし、熱いものが込みあげてきた。

野良猫として苦労していないとわかれば、首輪に宿った想いも消えるだろう。

あなたの大切な存在は幸せになっていると、早く伝えたかった。

由利に連絡したのは、その日の夜だった。

「猫が見つかりました。新しい飼い主さんとも連絡が取れて首輪を受け取ってくれるそうです」

「そうか。猫が幸せにしてるとわかれば、想いは浄化される」

電話の向こうから、おもちー、と声が聞こえた気がした。彼女の想いは、今もずっと捜しているのだ。早く届けてやりたい。

「俺が一緒に行ってやる。俺のことは兄貴とでも言っとけ」

新しい飼い主とは保護施設で会うことになっていた。ちょうどおもちがワクチンを打つ時期で、動物病院の帰りなら連れてこられるという。指定の日に代表の女性と一緒に待っていると、新しい飼い主は現れた。五十歳くらいのふくよかで優しそうな人だ。

「お待ちしてました。こちらがお電話でお話ししていた、おもちちゃんの飼い主だったかたのお友達とお兄さんです」

「はじめまして。白羽といいます。兄も心配してて一緒に」

「すみません。わざわざお時間いただきまして。ご迷惑ではなかったでしょうか？」

「いいえ、とんでもないです。もとの飼い主さんはお気の毒でした。おもちちゃんを捜してる時に事故でお亡くなりになったって」

「はい。弟が無理を申しましたのも、そういった事情でして」

由利はいつもの他人を喰った態度とは違い、大人の対応だった。しかも、顔がいいだけに女性二人はすっかり心を開いている様子だ。ニコリともしない男でも、きちんとした敬語が使えるだけで信用を得てしまうのだから男前は得だ。

「おもちー、前の飼い主さんのお友達よ～」

キャリーケースを覗くと、チラシで見た白い猫がいた。

おもちは丸々と太っていて、毛艶がいい。毎日ブラッシングをしてもらっているようだ。新しい飼い主に懐いているらしく、キャリーケースから出されても警戒心は微塵も見せなかった。

首輪を見せると鼻を近づけて匂いを嗅ぐ。そして鼻先を擦りつけた。何度も、何度も。

「わかるのかしら」

「多分そうだと思います」

新しい飼い主に首輪を手渡すと、女性はおもちがつけていた新しい首輪を外して樹から受け取った首輪に換えた。

「あの……使ってくださるんですか？」

「洗っていただいたんなら大丈夫です。ほら。おもちもこっちがいいみたい。首輪をしていた痕跡はあるのに、治療が終わって新しい首輪をつけた時にちょっと嫌がったんですよね。なんだ、おもちちゃん。こっちがよかったのかぁ」

その言動から、素敵な飼い主に巡り会えたのだとわかった。おもちはラッキーだ。二度もいい出会いをしたのだから。

「これで彼女もきっと救われます」

おもちは満足そうにしていた。真っ白な毛にピンクの首輪がとても似合っている。

その時、すぐ傍に人の気配を感じてドキリとした。彼女が隣に立っていた。優しい目でおもちを見下ろしている。新しい飼い主たちには見えていないらしいが、由利はとうに気づいているようだ。

おもち。

彼女が語りかけると、おもちは床にゴロンとなった。喉を鳴らす音が聞こえる。バイクのエンジン音に例えたとおりの音量だ。

「あはは、おもちちゃん。ゴロゴロが大きいんだよねー。首輪が嬉しいのね」

あまりに大きな音を鳴らすため、女性二人は笑っていた。そんな和やかな空気の中、彼女はおもちをいとおしげに眺め、手を伸ばす。おもちにも感じるのか、飼い主だった彼女にお腹を撫でられると右左に転がった。

通じ合う一人と一匹。

おもち、よかった。ごめんね、私の不注意でつらい思いをさせて。でも、今は幸せなのね。安心できる場所を見つけたのね。本当によかった。かわいがってもらってね。

おもちを想う声が心に直接流れ込んでくる。

それはひだまりのように暖かく、ゆりかごのように心地いいものだった。

あなたが幸せなら、それでいいの。

本当はもっと一緒にいたかったに違いない。若くしてこの世を去りたくはなかっただろう。けれどもこの世に彼女の一部をとどめていたものが解消されると、想いは浄化していくのだ。

じゃあね、おもち。

はっきり見えていた姿が次第に薄くなると、おもちは躰を起こし、消える彼女に向かって鼻をピクピクさせた。

別れの時が来たとわかったのだ。

消えゆく彼女をその瞳に焼きつけるように、ただ一点だけを見つめていた。透きとおった水晶体は美しく、純粋さの証しだった。薄れていく彼女が決して自分を捨てたのではないと、仕方のない別れだと動物ながらにわかっているのかもしれない。最後に撫でてくれた彼女の手は、ずっと記憶に残るはずだ。

彼女が消える瞬間、にゃーん、と鳴く。

「あら、めずらしい。おもちちゃん、ほとんど鳴かない子なのに」

彼女は完全に消えた。

もう何も残っていない。あんなにはっきり見えていたのに。言葉も交わしたのに。骨董品店までついてきて、樹におもちを捜してと訴えてきたのに。

「さよなら」

樹は彼女にそうつぶやいていた。見せられた強い想いと絆(きずな)は、望まぬ別れと惜別の念をもって樹をひとつ大人にした。決して変えられないことを受け入れるのは、薬を飲み込む時のように苦しい。けれども必要なことだ。

それからもう一度新しい飼い主に礼を言い、保護施設をあとにした。ほろ苦い清々しさとともに空を見あげながら、由利の隣を歩く。

「新しい飼い主さん、いい人でしたね。あんな優しい人なら安心して託せますよね」

「よく他人事にそこまで喜べるな。ガキは能天気で羨ましいよ」

「え、嬉しくないんですか?」

「たかが猫一匹だろう」

「たかが……って」

クールを通りこして冷血だ。おそらく由利には人として大事な感情が足りない。

「感動するのもいいけど金は払えよ」

樹は思わず立ちどまった。

「報酬だよ、報酬。お前はプロに仕事を依頼したんだぞ。まさかたった一回昼飯代出しただけで済むと思ってたのか」

思っていた。

樹の心を読んだような由利の呆れた視線に、言葉を呑み込む。

由利の言うとおりだ。彼はこれで生活しているのだ。プロに無償で、もしくは格安でものを頼むのがどんなに非常識か。あまりにも世間知らずで恥ずかしい。

「あの……おいくらですか?」

「五万だ」

「ご、まん……?」

「そうだ。五万だよ。今回は最低価格で許してやる」

「ごっ、五万っ！」

やはり詐欺かもしれない。樹は慌てて訴えた。

「あの……っ、この前のご飯代は？」

「相談料だ」

「そ、そんなに持ってないです」

「だったら躰で払ってもらうしかないなぁ」

「かかかか躰って……どど、どういう……っ」

「馬鹿かお前は。家政夫としてこき使ってやるって言ったんだ。掃除洗濯いろいろあるだろう。時給千円で雇ってやる。まず部屋の掃除からやってもらおうか」

きっぱりとした言いかたに拒否権はないと思い、由利のマンションへ行くことにした。

骨董品店からはそう遠くない、２ＬＤＫのマンションだ。結構広い。

「ここが……由利さんの部屋ですか」

「そうだ。とっとと始めろ」

部屋は散らかっていた。シンクにはビールの缶が山ほど放置され、洗濯物はソファーに山積みで足の踏み場もない。蔵の掃除も進んでいないのに、こっちでも片づけをするのかと気が重くなる。だが、自分が頼んだことだ。気持ちを切り替えて掃除を始める。

由利は冷蔵庫から冷たい飲みものを出してソファーでくつろぎはじめた。人が働いているのを横目に、スマートフォンで動画視聴を始める。

「しっかり働けよ〜」

「わかりました。きっちり躾で返します！」

覚悟を決めた樹はテーブルを片づけ、掃除機をかけ、たまった洗濯物を洗濯機に放り込んで回した。さらに、台所の洗いものを手早く済ませる。風呂場に行き、スポンジで湯船を洗っているところで玄関のチャイムが鳴った。

由利はソファーに寝そべったままだ。

「由利さん、お客さんみたいですよ。出なくていいん……」

言い終わらないうちに、ドアがガチャリと開いた。同居人がいたのかと思ったが、目に飛び込んできた人物を見てゴクリと唾を呑む。

四十代くらいの大柄の男だ。無精髭を生やし、だらしない格好をしている。スーツはよれよれでネクタイは無造作に緩められ、ワイシャツのボタンをふたつ目まで外していた。彫りの深い顔立ちには似合っているが、どう見てもカタギとは思えない。覗いた鎖骨からは、樹のような大学生にはない独特の色香が漂っていた。

いったい、誰だろう。

怠惰な仕草はジゴロのようだが、瞳の奥に潜む野生動物のような鋭さは隠せなかった。

獅子はまどろんでいるだけで、ひとたび目を覚ませば鋭い牙と爪で襲いかかってくるだろう。重量級の攻撃に遭っては、ひとたまりもない。

「由利ぃ～、悪さしてねぇか～」

男のしゃがれ声は、とてつもなく危険な香りがした。巻き込まれれば、二度と這いあがれない。夜の、もしくは裏の世界に引きずり込まれる。

樹は思わず身を隠して息を殺した。

男は勝手にあがり込んできて、部屋を見渡した。なんだ、綺麗に片づいてんじゃねぇか、と独りごとのように言う。

正体が気になりつつも、樹は玄関を見た。その距離、約三メートル。ここは逃げるべきだ。関わらないほうがいい。抜き足差し足で風呂場から出て、そちらへ向かう。

その時、寝そべっていた由利が身を起こす気配がした。覗き込むと、ソファーに座って飲みものに手を伸ばしているところだ。

由利は男を一瞥し、うんざりと眉根を寄せたかと思うと、髪を掻きあげながら鬱陶しそうにこう言った。

「出たな、なまはげ」

第二章　忘れたくない

真夜中に沈んだ骨董品（こっとうひん）店の奥から、声がしていた。

どこ？　どこにあるの？

艶を失った声は高齢女性のものだった。時折掠（かす）れるが、それが年齢のせいだけでないのは確かだ。悲しみに濡（ぬ）れたそれからは、切実な想いが溢（あふ）れている。大事なものを失い、必死で捜している。困惑が声を震わせていた。

どこ？　どこにあるの？

なくしたのは自分のせいだとわかっている。だからこそ余計に切ないのだ。

その想いは汲（く）み取られることのないまま、店の奥でずっと捜しものを求めていた。誰にも気づかれず、誰にも聞いてもらえず。

夜が更けると声はさらに強さを増した。闇により悲しみが増幅されているようだ。それでもこの店の主だった男の孫には、まだ聞き取れない。

拾われないままの想いは、闇の中で少しずつ成長していく。

夏休みは始まったばかりだというのに、樹（たつき）はすでに疲れていた。夏バテではない。身に降りかかる災難に、すっかり参っている。

「あ～、蔵の整理整頓、全然進んでない。あ～どうしよう、あ～、あぁあぁぁぁあ～～～」

蟬（せみ）の狂騒は今日も世界を覆っていた。青い空に浮かぶ雲はコントラストがはっきりとしていて、レジャーの夏といった顔で広がっている。そこから置き去りにされた樹は、日差しが強ければ強いほど、自分が泥沼に深くはまっていく気がしていた。

「借金、まだ三万もある。また由利（ゆうり）さんにこき使われる……、ぅう……」

朝からやる気が出ないのは、いつ由利から呼び出しの電話がかかってくるかわからないからだ。蔵の整理も進んでいない。骨董品店は当然手つかずで、埃（ほこり）を被ったままだ。

気が遠くなるが、ダラダラすればそれだけ遅れると気を取り直して作業を始めた。捨てるものは蔵の外に山積みにされている。

「トラック借りるより回収してもらったほうが早いよな」

一人で全部運ぶとなると、日数が足りなくなるかもしれない。業者を調べ、価格表を見て目星をつける。さらに価値がありそうなものをリスト化し、買い取り業者に連絡した。

「はい。蔵はみっつあって、今やっとひとつ目の整理が終わったところなんです。店のほうにも骨董品があるんですけど、あ、そうですか。じゃあ、一度下見だけでも……」

完全に仕分けが終わらなくてもいいと言われ、日時を打ち合わせした。電話を切るなり着信が入る。画面の『要注意人物』の文字が目に飛び込んでくる。

「ぎゃ！」

スマートフォンを落としそうになり、慌てて摑んだ。人は驚いた時、本当に「ぎゃ！」と言うんだなと思い、ため息をつく。『要注意人物』というのは、由利の登録名だ。

本人には内緒だが。

「はい、なんでしょう」

『なんでしょうはないだろ。お前、今日躰空いてるか？』

やはり呼び出しだった。部屋が散らかってきたので片づけに来いという。ついでに買いものも命じられた。

「アイスは何がいいですか？」

ここ数回で由利についてわかったことがある。アイスが好きで、いつも冷凍庫に常備している。種類は豊富に揃えられ駄菓子屋のようだ。そして、由利は片づけが下手だ。掃除をしても次に行くともとどおりになっている。『出したらしまう』ができない。

一時間以内に行くと伝えた。千円の借金返済だ。掃除と洗濯で一時間と考えると、さらに千円。蔵の片づけはあとまわしだ。できるだけ早く借金を返し、由利と縁を切りたい。

彼をよく知る男ですら、こいつとはあまり関わるなと言うくらいだ。

「だけど、百目鬼さんもよく由利さんの世話するよなぁ」

樹はぼんやりとつぶやき、由利の部屋に現れた男のことを思いだした。

「由利ぃ〜、悪さしてねぇかぁ〜」

そう言いながら部屋に勝手にあがり込んできた男は、かもいに手をかけて由利の部屋を覗いた。なまはげ呼ばわりされても歯牙にもかけない態度に、ますます男が夜、もしくは裏の世界の人間だという気がした。

一瞬にして樹の脳裏に危ない世界が広がる。由利が何か危険なことに関わっていても不思議ではない。一度は逃げようとしたものの、由利の「出たな、なまはげ」の言葉に樹は足をとめて耳を澄ませた。巻き添えを恐れながらも、好奇心には勝てない。

ゴクリ。

唾を呑む音がやけに大きく聞こえた。

「由利ぃ、ちゃんと飯喰ってんだろうな」

ひと癖もふた癖もありそうな男は、由利のいるリビングダイニングに入っていった。

「お前には関係ない」

由利のもの言いはいつもと変わらず、見ていてハラハラした。男の逆鱗に触れて暴れられたら、手がつけられなくなりそうだ。ハッとなり、余計な好奇心は身を滅ぼすぞと自分に言い聞かせる。やはりここは逃げるべきだ。

「ところであの若いのはなんだ？」

抜き足差し足で玄関へ向かおうとする樹を、背後から男の声が追いかけてきた。まさか、存在に気づかれていたとは。

襟足をむんずと摑まれたように、動きをピタリととめてふり返る。

はは……、と愛想笑いを浮かべた。

「お前、名前は？」

「は、はいっ！　白羽樹といいます！」

「そうか。俺はこういうもんだ」

名刺を差し出されたが、受け取るのに躊躇した。一度手にすればあとへは引けなくなりそうだ。自分の人生が危ない世界に搦め捕られていく気がしてならない。けれども、突き出されれば受け取るしかなかった。渋々手にする。

名刺の名前は『百目鬼五郎』だった。名は体を表すと言うが、百の目を持つ鬼だなんて似合いすぎて乾いた笑みしか漏れない。

そして、その上の文字は樹を驚愕させる。

「け、刑事さん？」

樹は名刺と男を見比べた。樹の驚きように由利が「クッ」と嗤う。

「わかってるよ。刑事には見えねぇって言うんだろ？　どうせ俺は凶悪犯顔だよ」

ふてくされた言いかたが、百目鬼という男が危険な人物でないと証明しているようだ。

樹はホッと胸を撫で下ろした。

「百目鬼さんはマル暴とかですか？」

「そう見えるか？」

「お前のその面見たら、そらマル暴って思うよな」

また由利が嗤った。

「すすすみませんっ」

失礼なことを言ったと気づき、慌てて頭をさげる。

「おいおい、そんなに怯えるな」

両手で「まぁまぁ」と宥める百目鬼は、正体がわかると優しそうにすら見えた。非力な者に対して細心の注意を払っている。

「俺ぁ、そんなに厳つい顔か？　傷つくじゃねぇか。俺は優しい男だぞ？」

自分で優しい男だと言う人間の言葉を鵜呑みにするわけではないが、困ったように頭をボリボリ掻く姿に、不思議と安心感が広がる。人は見かけによらないのだ。

「それよりなまはげ。お前勝手にあがってくるなって言っただろ。刑事のくせにオートロックすり抜けてくるなんてどういう神経してんだよ」

「宅配便と一緒になったんだよ」

「下で一回チャイム鳴らせよ」

「玄関の鍵開けっぱなしにしといた奴が何を言う」

「あ、それ俺です、多分……」

由利のあとから部屋に入ったが、鍵をかけた記憶がない。

「いい、いい。お前は気にするな。どうせ最後には開けてくれるんだから。なぁ、と同意を求められても、由利は無反応だ。ここまで人を無視できるなんてさすが由利だと、感心する。

「こいつな、飯作ってやるっつったらすぐに心を開くんだぞ。覚えとけ」

なるほど。片づけすらろくにできないわりに、調理器具が揃っているのはそういうことだったのだ。

「それより飯喰ってねぇなら作ってやる。由利、お前喰うだろ？」

「ああ」

「お前も喰ってけ」

それから百目鬼はテキパキと料理を始めた。その動きには無駄がなく、慣れたものだ。

「由利、お前なぁ。もうちょっとまともな生活しろ。躰壊すぞ」

「てめぇには関係ない。うちを別荘みたいに使ってる奴がいちいち説教するな」

「お前がまた悪さしてないか見に来てるんだろうが」

味噌汁。出汁巻き卵。キャベツとツナ缶の炒めもの。さらに百目鬼は、レンジから出し
たほくほくのじゃがいもにコンビーフを載せた。まだ途中だがすでに美味しそうだ。

「そういやまた新しい調理器具買って置いてっただろ」

「道具が揃ってるほうが旨いもん作れるだろうが。ほら、坊主。料理運べ」

「は、はい」

大学生相手に坊主呼ばわりはどうかと思ったが、悪党と渡り合うような仕事をしてきたのならそう言いたくなるのも当然かもしれない。

樹は次々とできあがる料理をテーブルに運んだ。準備が整う頃、由利がゆったりと起きあがって食卓につく。箸の一本すら運ばないが、百目鬼は慣れているのか文句ひとつ言わなかった。三人顔をつきあわせて「いただきます」と声を揃える。

「百目鬼さんは刑事さんなんですよね。由利さんとは同級生……ではないですよね？」

老けて見えるとしても、まさか同い年とは思えない。

「お、俺ぁそんなに若く見えるか？」

百目鬼は嬉しそうに声を弾ませた。しかし、すぐさま容赦ない突っ込みが入る。

「見えるわけないだろ。お前、自分の顔鏡で見たことあるのか？」

「お前、本当に口が悪いな」と百目鬼。

反論はまたもや完全に無視だ。聞こえていないという顔で、味噌汁を啜りながら由利が

言う。「俺がこいつに逮捕されたんだよ」

「ああ、なるほど逮捕……」

言いかけて、樹は言葉を反芻した。

「た、逮捕っ⁉」

唖然としたまま由利を見ていると、百目鬼が横からさらに説明してくれる。

「詐欺でな。俺が捕まえた。不起訴になったが、次やったら臭い飯喰わすぞ～」

由利が、詐欺。何をしたのだろう。心臓がドキドキとうるさく躍っている。

「お前、こいつにカモられたんじゃねぇだろうな。気をつけろよ、悪党に関わるとろくなことねぇからな」

「実は……もう由利さんに借金が……」

身を小さくすると、百目鬼は由利に抗議する。

「お前なっ！　こんな無垢な青年をカモにするかっ！」

「五万だよ、五万で仕事しただけだ。五万は相場だぞ」

相場なのか。カモにされたわけではないのか。

由利は漬物を口に放り込み、ポリポリと音を立てた。中央の器を覗き込むと、お前も喰っていいぞと百目鬼に顎でしゃくられ、取り箸で少し貰う。

キュウリは甘酸っぱい出汁につけてあった。千切り生姜が爽やかだ。

「悪いことは言わねぇから、由利には関わらないほうがいいぞ。こいつは悪魔だ」

身を寄せてきて耳打ちされた。うんうん、と頷(うなず)く。

「何コソコソ話してるんだよ。聞こえてるぞ。お前こそ俺に関わるな、なまはげ」

「誰がなまはげだ」

「なまはげはトーホグでガキでも脅してりゃいいんだよ」

「お前、東北(とうほく)の人に失礼だろうが」

ふん、と由利は鼻で嗤った。漬物が美味しくてご飯が進む。

「旨いか？　これは俺が漬けたんだ」

「えっ、百目鬼さんがですか？」

「キュウリはいいぞ〜。躰冷やすからな。甘いもんばっか喰ってねぇで、こういうもんを補給しろ。キュウリにはカリウムとかいろんな栄養素も入ってるんだぞ」

祖母の漬けてくれた漬物を思いだす。樹の祖母は高菜の漬物が得意だった。

「何仲良くなってんだよ。お前な、俺に借金があるんだぞ」

「そうでした」

そうは言ったものの、祖父母の家に来てからずっとコンビニ弁当だったため、百目鬼の料理は胃に染み渡って美味しかった。

胃袋で心を摑まれるとは、こういうことなのだ。

「百目鬼さんの漬物、美味しかったなぁ」

子供の頃からよく祖父母の家に遊びに行っていた樹は漬物が好きでよく食べるが、あれは初めてだった。スーパーでも弁当のつけ合わせでも見たことがない。

由利のマンションに着くと一階でチャイムを鳴らしたが、返事はなかった。

「あれ、なんでいないんだろ」

電話をすると、急な用事で出たという。

「えっ、アイス買ってきたんですけど」

仕事だ、と言われ、思わず本当に仕事なのかと疑ってしまう。

「電話してくれたらよかったのに」

『急だったんだよ。それよりお前、あれからまた変な声聞いてないだろうな』

意味深な言葉に、心臓が嫌な跳ねかたをする。

いいや、あれから妙な声は聞いていない。おもちの飼い主だった彼女の想いは、浄化されたのだ。目の前で彼女が消えるのも見た。

今さら何を蒸し返そうというのだろう。

「またカモにするつもりでしょ。その手には乗りませんからね」

ふ、と電話の向こうで由利が笑った気配がした。人を見下す冷たい視線が脳裏に浮かぶ。

『聞いてないならいい』

アイスは冷凍庫に入れておけと言われた。オートロックの暗証番号と鍵の置き場所を教えてもらう。言われたとおり部屋に入り、冷凍庫にアイスを放り込んだ。部屋を見回すとまた散らかっている。

「ほんとすぐに散らかす人だな」

由利から電話があって一時間も経っていない。これで時給千円かと思うと、残り三万など早く返せそうだと気持ちが大きくなった。ついでだと十分ほど部屋の片づけをする。

テーブルに出しっぱなしのグラスを洗っていたが、ふと、由利の言葉を思いだした。

変な声とは、いったいなんのことを言っているのだろうか。

今年の夏は異様な暑さで、流水がいつまで経っても生温(なまぬる)い。

「ただの脅しだよ」

ははっ、と笑い飛ばしたのは、少なからず脅しに乗せられて怖くなったからだろう。空元気でなんとか平常心を保つ。

だが、その日の夜――。

樹は寝苦しさに目を覚ました。エアコンが切れている。蒸し風呂状態だ。

「喉渇いたな。熱中症になりそう」

眠い目を擦って起きあがり、一階へ下りていく。冷蔵庫から炭酸水を取り出して喉を潤した。香りがついているからか、糖分は入っていないのにほんのりと甘さを感じる。

柱時計を見ると夜中の二時過ぎだった。

樹が子供の頃から壁にかけてある古い時計は、曾祖父から受け継いだと聞いている。木目の見える焦げ茶色のボディに振り子がついていて、コチコチと音が鳴る。

白地の文字盤に黒の数字。いかにも昭和といった雰囲気だ。

その音を聞いていると静けさがより深まっていくようで、樹はこの古い家に自分一人だということを思いだした。子供の頃の夏休みの記憶が蘇る。

プールや花火。駄菓子や蚊取り線香。両親ですら子供の頃しか使わなかった蚊帳を出してくれた時は、嬉しくてならなかった。そしてもう一つ思いだすのは、心霊番組だ。夏休みには欠かせない。

心霊探偵に扮したアイドルが視聴者提供の心霊現象について子供たちと語り、再現ドラマを見て意見を交わす。祖父に「絶対隣にいてね」とお願いしてからテレビの前に座ったものだ。見る前にトイレにも行った。懐かしい。

その時だった。

どこ？　どこにあるの？

ふと誰かの声が聞こえ、心臓が跳ねた。静まり返った家のどこかで、誰かが何かを探している。コチコチと柱時計が鳴っていた。振り子が時を刻んでいる。

「き、気のせいかな？　あはは」

わざと声に出すが、心音は一向に収まらない。次第に恐怖が広がっていく。

「寝よ寝よ。明日も蔵の掃除……」

炭酸水を冷蔵庫に戻しに行こうとしたが、また聞こえてきた。

どこ？　どこにあるの？

今度は、先ほどよりずっとはっきりした声だ。

ゆっくりと息を吸い込み、廊下を覗き見る。右手に骨董品店に続く六畳間の襖（ふすま）があり、足音を忍ばせてそちらに向かった。ミシ、と床板が音を立てる。

襖を開けると畳部屋があり、ガラスの引き戸の向こうに闇に沈んだ店が広がっている。

昔はここで祖父が店番をしていたものだ。決して怖い場所ではなかった。

恐怖を紛らわせるために、ここをよく使っていた頃を思いだしながら、カラ、と音を立ててガラスの引き戸を開ける。

店内はシンと静まり返っていた。痛いほどの静けさだが、それをまた声が破る。

どこ？　どこにあるの？

「ひっ！」

樹は躰を硬直させた。

間違いない。声がした。店に置いてある品のどれかに誰かの想いが宿っている。

ガラス戸をぴしゃりと閉め、急いで二階にあがっていった。

関わらないほうがいい。由利は自然に消えると言った。前回は波長が合ったから頼られたのだ。今度はやり過ごす。

「聞こえない聞こえない」

布団を頭から被り、耳を塞いだ。

その日はいつの間にか眠ってしまったが、一度聞こえはじめると気になって仕方がなかった。翌日は由利からの呼び出しもなく、蔵の整理に集中することで声を拾わないようにする。しかし、二日が限界だった。

「どこから聞こえてくるのかだけでも確かめとこ」

三日目。樹は朝起きると、祖父がよく店番をしていた畳部屋から骨董品店を覗いた。

関わろうとしているのではない。関わらないように、声のもとを探すだけだ。自分にそう言い聞かせる。

店内にいると、外の蟬時雨がフィルターを一枚挟んだように聞こえてくる。通りに面したガラスの引き戸から覗く世界は光で溢れているのに、ここは薄暗い。まるでこの薄暗い世界に閉じ込められてしまったようだ。

簡単に外に出られるのに、出られない気がしてくる。それなら実際に外に出て確かめればいいのに、そうする気になれないのだ。店に閉じ込められた自分を想像してしまう。

どこ？　どこにあるの？

初めて耳にした時より、はっきり聞こえた。

声に耳を傾け、その出所を探す。和箪笥の横を通りすぎ、壺の類いを並べた棚のほうへと向かう。

「これだ」

アンティークのデスクだった。おそらくイギリス製だ。埃を被っているが、複雑な彫刻の入ったそれは修理して綺麗にすれば、再び輝きを取り戻すだろう。

「これに近づいたり触ったりしなければいいんだよな」

触れれば背景が見えるかもしれない。見てしまえば、きっと後戻りできなくなる。

店に置いてあるものも、蔵のものと一緒に古物商に買い取ってもらう予定になっているため、それまで知らん顔で過ごせばいい。自分にそう言い聞かせる。

だが、蔵を掃除していても、台所で買ってきた弁当をレンジで温めても、声は時々聞こえてきた。それは無視できないほど大きくなっていく。切実に助けを求められているようだ。

何を捜しているのだろう。

樹はとうとうアンティークデスクに向かって話しかけていた。

「あの……何を捜してるんですか?」

返事はない。

おもちを捜した彼女は姿も見え、会話も交わしたが、今回は声だけだ。由利が波長が合ったと言っていたのを思いだす。

「そっか。俺にはもともと由利さんみたいな力はないんだもんな」

だったら中途半端に聞こえなくてもいいじゃないかと、誰にともなく不満をぶつけたくなるが、どうしようもない。

「そういえば祖父(じい)ちゃん、台帳つけてたよな」

商品が持ち込まれたのがいつなのか、いくらで買い取ったのかなど、顧客名簿のようなものがあったはずだ。

祖父が店番をしていた畳部屋にある文机(ふづくえ)の抽斗(ひきだし)を探すと、それはすぐに見つかった。ノートに手書きで買い取り台帳と書かれてある。祖父の字だ。随分昔のものもある。

商品には値札の他に番号が記載されていた。すぐわかるように整理整頓されている。備考欄には『抽斗の鍵・紛失』『修理可能』などと記載されていた。

「えーっと、デスクデスク……」

真剣に探していたが、ほどなくしてハッと我に返った。

「駄目駄目。これじゃあがっつり関わることになる」

由利は目ざとかった。

「また妙なもんに関わってんじゃないだろうな」

その日、朝から由利に呼び出されて買い出しをしてきた樹は、部屋に着くなりなんの前置きもなくそう言われた。いきなりだったせいで、上手く言葉が出てこない。

「べべ別に……っ、か、関わってないですよ」

これでは関わっていると言っているのと同じだ。嘘が下手だと笑われ、観念する。

「あ、あなたには関係ないですから。迷惑をかけるつもりはありません」

そうきっぱりと言い、買ってきたものを冷蔵庫にしまう。

自炊はしないらしく、買いもののリストのほとんどがアイスやゼリーだ。しかし、冷蔵庫の食材は充実している。米びつにも米が入っていて、常時自炊をする人の台所だ。

百目鬼の存在を匂わせるそれに、美味しかった漬物を思いだしてまた食べたくなる。

「百目鬼さんは今日は来ないんですか？」

「なんであいつが来るんだよ。俺とあいつをセットで覚えるな」

「別にそんなつもりはないですよ。ただ、百目鬼さんの手料理美味しかったなって」

ふん、と鼻で嗤われた。

由利は相変わらずソファーに寝そべってダラダラしている。この部屋では由利のその姿を一番多く見ているかもしれない。

「作ってくれって頼めば来てくれるぞ。あいつは頼まれると断れないからな」

「刑事さんって忙しいんでしょう。そんなこと頼めないですよ」

「それよりはぐらかしたな。まぁいい。あとで痛い目見るのはお前だからな」

厳しい言葉がグサリと刺さる。

あれから住所を頼りにデスクの売り主を探すと、意外にも近所だった。今は畳んでいるが、以前は駄菓子屋をやっていた家だ。夏休みのお菓子や花火はいつもそこで買った。

商売をしていたからか、祖父母はスーパーではなく、できるだけ個人商店で買いものをしていたようだ。おかげで樹は近所でもよくかわいがられ、声をかけられたものだ。

「連絡取って大丈夫かな」

日に日に大きくなる声にこのままではいけないと思うが、遺族にどう説明していいかわからなかった。まさか机から亡くなったかたの声が聞こえるとは言えない。

「ほらほら、サボってないで仕事しろよ。こっちは時給払ってるんだからな」

「わかってますよ」

最新型の洗濯機が乾燥終了のメロディを奏でる。リビングに運び、由利の隣で正座をして洗濯物を畳みはじめた。

「由利さん、仕事は？」

「四六時中仕事なんてできるか」

「普通するもんじゃないですか？」

「アホか。日本人は働きすぎなんだよ。そんなに働いたら躰が持たない」

サラリーマンとは違うとわかっているが、由利はどう見ても働かなすぎに見える。いつ仕事をしているのか不思議なくらいだ。

「由利さんって、報酬いくらで請け負ってるんですか？」

樹は五万だったが、最低額だと言っていた。

「相談料は三十分で一万だ。声を拾うのに五万。出張料は別でな。厄介な案件は危険手当を貰う。滅多にないけどな」

「仕事ってそんなにたくさんあるもん……」

冷たい目で見下ろされ、仕事の手がとまっているのに気づいて慌てて手にしたものを畳みはじめる。黒のブリーフだ。他人の下着を畳んでいる状況が虚しくなってきて、やはりデスクの件を由利に相談するのはやめようと心に決めた。

早く借金を返して、この雑用から逃れたい。

樹が作業を再開すると、由利は軽くため息をついた。

「お前は強い想いしか拾えないだろうけど、想いってのは結構いろんなもんに残ってるんだ。そういうのは放っておいても消える。だけど、それが消える前に声を拾って届けると遺族は案外喜ぶんだ。救われることもある」

「なんかイメージしてたのと違いました」

仕事の手はとめず、ポツリと零す。

「妖怪退治的なことをやってるのかと」

「そんな派手なことは滅多にないよ。ただの繋ぎ屋だ。残された想いと遺族とのな」

樹は今まで由利への誤解があったと悟った。彼は残された者へ想いを届けるためにその能力を使っているのだ。

強い想いでなくていい。ちょっとしたものでいいのだ。

楽しかったよ。ごめんね。ありがとう。どうか幸せにね。

たったそれだけの言葉が、残された者を悲しみから救うかもしれない。心と心を繋ぐ橋渡しをしているのと同じだ。

そこら中から聞こえてくるのは、どんな気持ちだろう。

「じゃあ、大変じゃないですか」

「何がだ?」

「だって、あちこちからそんな声が聞こえたら、切ないじゃないですか」

もうこの世にいない人の声。

ものに宿る想いは、残された人への愛だったりするのだろうか。もっと一緒にいたかったと訴えたりするのだろうか。そんなものに四六時中触れていたら、きっと由利の心も悲しみに濡れてしまう。

「由利さん、つらい時とか……」

「あほう。何勝手に浸ってんだよ。お前まさか俺に同情してるのか？」

いつもと変わらぬ口調に顔をあげると、由利は平然とした顔をしていた。

「普段は遮断してるに決まってるだろう、俺にそのくらいのこともできないと思ってんのか？　アホかお前は。ほんとガキだな」

あざ笑う由利の底意地の悪そうな顔に、同情したのが間違いだったと深く反省する。

「いえ、侮ってすみませんでした！」

やはり由利は口が悪い。いや、性格もきっと悪いに違いない。

アホだガキだと罵られ、樹はどっちが子供だと思いながら、雑用をこなした。

日曜日の朝。樹がコンビニエンスストアに買い出しに行こうとすると、近所の人たちが掃除をしていた。六十代くらいの女性が、樹に気づいて手をとめる。

「おはようございます」

「あら、おはようございます。今あなた、骨董屋さんから出てこなかった？　もしかして骨董屋さんのお孫さん？」

「はい。大学が夏休みなので、蔵とか店のものの片づけに来てます」

今日は地域の清掃活動のようだ。どうりであちこちで掃除をしていると思った。女性の隣には、草刈りをしたあとの雑草をつめ込んだ袋がある。

「あ、それ持ちましょうか？」

「あら、いいの？　公民館まで運ぶんだけど重くてね。五十過ぎてから腰がねぇ」

「そのくらいお安いご用です」

「この時間でももう暑いし、助かるわ」

成りゆきで掃除を手伝うことになった。祖父も自治会に入っていたらしく、免除の年齢に達しても地域の掃除には顔を出していたらしい。『骨董屋さん』と呼ばれて親しまれていた祖父のおかげで、地域の人たちは樹を快く迎え入れてくれた。

掃除が終わるとお茶に誘われ、公民館の談話室に呼ばれる。

「お疲れ様でした。若いのに感心ね」

アイスも出されて恐縮した。すぐ近くの住人が樹のために家から取ってきたらしい。

「すみません。ちょっと手伝っただけなのに」

「いいのよ。こっちこそこき使っちゃって」

デスクの持ち主に関する話が聞けるかもしれないという下心があっただけに、少々申しわけなかった。騙（だま）している気分だ。

「ところで駄菓子屋さんってもうお店畳んでるんですね」

「そうなのよ。二年くらい前まではお嫁さんがやってたけど、お祖母（ばあ）ちゃんが介護が必要になってからはやめちゃったの。どうして？」

「子供の頃はよく祖父と買いものに行ってたから、ないと思うと少し寂しくて」

「まぁそうよねぇ。この辺の子供たちはみんな秋月（あきづき）商店だったもん」

「仲のいい夫婦だったし、いい店だったわよね。旦那さんが先に亡くなったんだけど、奥さんが最後認知症でね。旦那さんのことを忘れるのが寂しいって」

「そうそう。加寿子（かずこ）さん、旦那さんが亡くなった時もすごく悲しんでたもんね」

樹が聞きだそうとしなくても、ちょっとしたきっかけを作ると次々と情報は出てくる。

駄菓子屋には現在娘夫婦が住んでいて、孫夫婦も同じ町内に家を建てたという。

「菜々美（ななみ）ちゃんならもうすぐ戻ってくるわよ。あ、お孫さんのことね。役員だから片づけとかあるのよ。あ、ほら戻ってきた。菜々美ちゃーん」

「皆さんお疲れ様でーす」

愛嬌のある女性だった。年齢は由利と同じくらいだろうか。

祖父の近所づき合いのおかげで、怪しまれることなく地域の人たちに受け入れられた樹は、彼女ともすぐに打ち解けた。祖父の社交性には感謝せずにはいられない。

「ああ、骨董屋さんの……」

「はい。孫です。僕もよく駄菓子を買いに行ってました」

さりげなくデスクの話を混ぜると、いろいろと話してくれた。

「祖母が大事にしてたからって、高く買い取っていただいたんですよ。認知症の症状が出てから亡くなるまでの二年くらいは、ずっとあのデスクの前に座ってたんです」

話によると、認知症と判明してから、夫の記憶を失いたくないと言って想い出をノートに書きだしていたという。調子のいい時には、何時間もデスクに座っていた。

けれども症状がさらに進むと、ノートをあちこちに置きっぱなしにするようになり、最後にはなくしてしまった。

「たくさん書いてたんです。捜したんですけどどこにやったのかわからなくなって。亡くなる前にノートを見つけてあげたかったけど」

「そうだったんですか」

「捨てるはずはないんですけどね。もしかしたら何かに紛れてしまったのかも」

愛する人の想い出を失いたくないという気持ちを想像して、切なくなった。

駄菓子屋の夫婦のことは、なんとなく覚えている。お菓子を買いに行くと、よくおまけしてくれた。当たりが出た時などは、一緒になって喜んでくれた。樹の記憶の二人は、いつも笑顔だ。

彼女の話に加え、微かに残る二人の記憶が樹の心を共鳴させていた。

必死でノートを捜す声に。その想いに……。


「そうかぁ。切ねぇなぁ」

百目鬼はその厳つい顔に似合わないしんみりした声を、ため息とともに零した。目の前には味噌汁と出汁巻き卵、ほうれん草のお浸しなど、自分ではなかなか作らないメニューが並んでいた。肉じゃがまであるのには驚いた。

「愛する人を忘れてしまうって、どんな気持ちなんだろうって」

「自分の生きてきた軌跡を失うようなもんだからなぁ」

出汁の染みたじゃがいもを口に放り込む。幸せが広がった。しかし、そんな気持ちを一瞬にして凍らせる冷たい声を浴びせられる。

「なんでお前たちが俺んちで飯喰ってんだよ」

意気投合する二人に、由利は不機嫌だ。

「え、だって百目鬼さんが喰ってけって」

「ここ俺んちだぞ」

「材料費俺が出してんだからいいだろうが」

「お前らなぁ」

百目鬼の料理は旨い。誘いを断るなんて、もったいなさすぎる。図々しくご馳走（ちそう）になっているのは、ひとえに料理が美味しすぎるからだ。

「煮物まで作っちゃうなんて、百目鬼さん家事スキル高いですよね。モテますよ」

「お、そうか？」

弾んだ声に、再び由利の冷たい声がする。

「何喜んでんだよ、アホかお前は。家事ができるくらいでお前がモテるわけないだろ」

「わかんねぇだろう。まさかお前、令和の時代に男らしくないとか言いだすんじゃねぇだろうな。そういうのは古いぞ」

「誰もそんなこと言ってないだろ。お前みたいななまはげ面なんて、家事スキルで相殺できるわけないって言ってんだよ」

「何が相殺だ。男前を捕まえて何ほざいてやがる」

「お前のどこが男前だ。お前はなまはげだよ、なまはげ」

「うるせぇな。早く喰え、喰わないなら俺がそれ貰うぞ」

「食べるよ」

「喰うんじゃねぇか。旨いんだろうが。素直に俺の手料理を絶賛したらどうなんだ。この恥ずかしがり屋さんめ」

挑発され、由利は心底嫌そうに眉間に皺を寄せた。

百目鬼は気にもとめない。このくらいの図太さがあったほうが、由利とはつき合いやすいのかもしれない。

夕飯を食べ終えると、百目鬼と二人で流しの前に立って洗いものを始めた。由利はソファーに寝そべってスマートフォンを見ている。ゲームをしているらしい。

「しかし、ものに宿った想いってのは本当にあるんだな」

「え、百目鬼さんは由利さんの力を信じてなかったんですか？」

「どうだろうな。疑うってより、実感が湧かなかったってほうが近いな。また悪さしねぇようにって定期的に様子を見に来てるが、俺には聞こえもしないし見えもしない。なんにもできねぇのも、もどかしくてな」

詳しく聞くと、占い師として客から高額の報酬を得た由利は何人かに訴えられていたらしい。トラブルも多く、警察では要注意人物として有名だった。しかし、霊感商法として詐欺行為を立証するのは難しく、何年も逮捕には至らなかった。

そんな由利が逮捕されることになったのは、一時的に組んでいた男が大きく稼ごうとして客から金を騙し取ったからだ。共犯者として名前があがった。

「あの逮捕は間違いだった。他人には理解できない力を持ったあいつは、誤解されながら生きてこなきゃならなかったんだと思うとな。切ねぇだろうが。反省してるよ」

「でも、取り調べないとわからないんだから、しょうがないですよ。百目鬼さんが気に病む必要はないと思います」

「樹は優しいな」

いつの間にか樹と呼ばれていることに気づいて、百目鬼の人間力のようなものを垣間見た気がした。

違和感を覚えさせず、不快に感じさせず、距離を縮める。由利を気にかけて様子を見に来るのも、そう簡単にできることではない。

「ま。由利は樹に心を開いてるようだし、あいつの力になってやってくれ」

「僕に心開いてるとは思いませんけど」

ソファーを見ると、由利は寝てしまったようだ。先ほどまで覗いていたスマートフォンを胸の上に置いて微動だにしない。

「疲れてそうですね。今朝まで仕事だったって言ってました」

仕事ではどんな想いに触れたのだろう。恨みだろうか。憎しみだろうか。それとも絶え間なく溢れる愛だろうか。死によって分かたれることへの惜別の念だろうか。

それらを覗き見た瞬間、どれほどの負担が由利に伸しかかるのか想像してみる。

愛するペットを置いて逝った人や、愛する人との想い出を忘れたくないと綴る人に触れた樹だからこそ、それがどんなに心の負担になるかわかる。

他人の心に共鳴することは、同じ経験をするようなものだ。純粋な喜びならいいが、ものに宿った想いは常に切なさを伴う。

「あいつはドライだろう？」

「え？　ええ」

それだけじゃない。口が悪いし意地悪だ。

「自分の心を守るためだと思うんだ。あいつは本当は優しい奴なんだよ。多分な」

百目鬼の言わんとしていることはわかった。

確かにそうだ。本当にドライなら樹のことなど最初から無視したに違いない。金を持たない大学生相手に、たった五万の報酬で面倒なことに関わるはずがない。金払いのよさそうなカモを探すはずだ。しかも、その五万も結局は雑用をすることで返している。

普段は遮断していると言っていたが、それならなぜ樹に忠告してきたのか。

もしかしたら常に聞いているのかもしれない。完全に遮断などできない可能性もある。

だから、鎧で固めるのだ。冷たさを装い、口の悪さで覆って自分を守っている。

「あいつは妙な力を持って苦労してきた。樹も似たような力を持ってるんだろうが」

「持ってるっていうか、たまたま見てしまっただけで」

「それでもいい。あいつと同じ経験ができたなら、理解者になれるんじゃねぇか？」

百目鬼の言うとおりだ。その苦労を完全に理解できるとは言えないが、他の人より想像しやすいだろう。

「家具に宿った想いってのが、浄化されるといいな」

頭をポンポンと軽く叩かれて心がホッとする。大きな手は、安心感がある。しかし、すぐに頭が濡れていることに気づいた。

「ぎゃーっ！　ちょっと、泡だらけじゃないですか！」

百目鬼はケラケラと笑っている。こんな子供じみたイタズラをするとは。

「もう、百目鬼さんいくつですか！」

「三十三だ」

「えっ？　えぇぇぇぇぇーっ！　軽く四十は超えてるかと」

「ひでぇな。何が四十超えだ。俺ぁ、まだぴちぴちのアラサーだぞ」

「アラサーってぴちぴちって言うんですか？」

「樹お前今、全国のアラサーを敵に回したぞ」

二人で騒いでいると、由利のほうからクッションが飛んできた。

「お前らうるさいぞ！　何きゃっきゃはしゃいでるんだ！　ガキか！」

起こしてしまったようだ。さすがにこれだけ騒げば目も覚めるだろう。

二人で顔を見合わせて反省し、声を潜める。

「百目鬼さん、本当に三十三ですか？」

「おう、三十三だ。しかもなったばっかりだ」

免許証を見せられてようやく納得した。本当に三十三だ。しかも本当になったばかりだ。

「な？　三十三だろ？」

「三十三ですね」

「三十三なんだよ」

由利のほうから、またクッションが飛んでくる。

その日は、おとなしく帰ることにした。百目鬼と一緒にマンションを出て、途中で別れる。家に着くと骨董品店から微かに声がしたが、無視する。

何もできないのだ。消えていくのを待つしかない。これ以上、由利に負担をかけるわけにはいかない。けれども、ノートを捜す声は樹に助けを求めているようだった。

迷子の子供を見かけたような、雨に濡れて震える子犬を見かけたような、そんな気持ちになる。無視するのはとてもつらい。

自分の無力さをこれほど感じたことはなかった。

それから数日。樹はデスクの声に耳を塞ぎ続けた。聞こえないふりをし、蔵の片づけをしながら日々を過ごす。けれども声が収まる気配はない。常に訴えが聞こえてくる。

どこ？　どこにあるの？

戸惑うような悲しげな声は、樹の良心をくすぐった。本当に知らん顔をしていいのかと、ことあるごとに自問する。

そんな矢先だった。

「うわ、こんなところにも簞笥がある」

蔵の片づけをしていた樹は、和簞笥の奥にもう一つ和簞笥があるのに気づいた。思わず脱力する。ようやく二階の片づけが終わろうとしているところに、新たな簞笥が出てくるのだ。賽の河原にいる子供の気持ちがなんとなくわかった気がする。

その時、思いだした。

「あ……」

アンティーク家具には、時々隠し収納がついている。売り主がそれに気づかずに金貨が出てきた話を以前に聞いたことがあった。

「ノートを捨てるはずはないって」

孫の言葉を思いだし、急いで店に戻ってデスクの前に立った。

触れれば宿った想いの『背景』が見えるかもしれない。隠し収納がなく、ノートが見つからなければ中途半端に関わっただけで終わってしまう。解決するどころか、頼られてしまうかもしれない。

「でも、捜しものが見つかれば想いは浄化されるんだよな」

考えた挙げ句、樹はデスクに触れた。恐る恐る。だが、この前のように『背景』は見えてこない。やはり、あの時はたまたま波長が合っただけなのだろう。

樹はデスクを丹念に調べはじめた。抽斗を全部出し、奥に手を突っ込んで突起物などがないか探ってみる。何かが手に触れた。取っ手のようでもあり、ただの凹凸のようでもある。ずらせないか動かしてみた。

「硬い」

ミシ、と嫌な音がした。壊れたかと思ったが、違う。ちゃんと動いた。組み木になっているらしく、ひとつ動かすと別の箇所も動く。

「あ、あった！」

隠し収納は存在した。取っ手は壊れてしまったが、複雑に組まれた木を動かすと奥に空洞が出てくる。手で探ると何かが収まっていた。

「そうか。硬かったから祖父ちゃんもわかんなかったのか」

使い込んだノートだった。間違いない。これだ。表紙には『想い出ノート』と書かれ、かわいらしいシールが貼られていた。

「あなたが捜していたものが見つかりましたよ！　ほら、デスクの中に！　あなたのすぐ傍にあったんです！」

樹はノートを開いてデスクの上に置いた。一歩さがり、声の反応を待つ。けれども、変化はなかった。

「わかりますか？　あなたが捜していたノートです」

もう一度言ってみるが、樹の呼びかけに対する反応はなかった。声は相変わらずノートを捜している。しかもそれは次第に大きくなっていくのだ。

どこ？　どこにあるの？

切実な想いが迫ってくる。声はノートの存在など気づいていないというように、ただ捜しているのだ。大事なものを。想い出がつまった大切な宝物を。

「あの……っ、だから捜しものはここに……っ。これですよね？」

ノートを手に取ってデスクに向かって差し出すが、何も変わらなかった。

なぜ伝わらないのだろう。それとも捜しているのはノートではないのか。いいや、そんなはずはない。もしかしたら、想いはすでに何を捜しているかすらわからなくなっていて、それを見つけても浄化されない存在になっているのだろうか。

「えっと……、ここに、書いてあります。あなたの想い出が……っ。読んでもいいなら、僕が読みあげて……」

しどろもどろになりながら訴えるが、樹の声すら届いていない。

血の気が引いた。ジリ、と後退りする。

こちらから働きかけてしまった。一度関わってしまったら、おそらくリセットできない。また、同じ過ちの繰り返しだ。

怖くなった樹はノートを持ったまま、デスクから離れて店の隅に蹲(うずくま)った。

「成仏してください」

幽霊ではないとわかっていても、他に言葉が見つからなかった。足が竦(すく)んで逃げ出すこともできない。声はエコーがかかったように響いてきて、取り込まれるのではという恐怖でいっぱいになった。

「ごめんなさいごめんなさいっ。成仏してくださいっ」

その時、店の外に人影が見えた。心臓が破裂しそうなほど驚いたが、それが由利だとわかると縋(すが)る思いで扉を開ける。

「ゆ、由利さん……っ」

「ったく、世話の焼ける奴だな」

呆(あき)れ顔の由利が入ってきた。樹の傍に落ちているノートを拾い、パラパラとめくる。その間も声は途切れなかった。

どこ？　どこにあるの？

由利は声を無視し、しばらく文字を目で追っていた。そして、デスクに向かって歩いていき、そっと触れる。

その瞬間、ドン、と一瞬で辺りの空気が入れ替わったような感覚に見舞われた。おもちの時と同じだ。ものに想いが宿ることになった『背景』だ。

樹は目を見開いた。柔らかな光の中に、デスクで書きものをする女性の姿がある。

年齢は八十を超えたくらいだろうか。随分と痩せていて服の中で躰が泳いでいた。白髪交じりのグレーヘアが上品な印象だ。彼女は一心にペンを走らせている。懐かしそうに、嬉しそうに目を細める横顔が印象的だった。

ねぇ、あなた。覚えてる？

先に逝ってしまった最愛の人に語りかける声は、ノートを捜す時のそれとは違って穏やかだ。声は少し掠れているが、歳を重ねた結果で悲しみに濡れたからではない。

彼女の想い出が流れ込んできた。それは、彼女が書き残した言葉に他ならない。

彼女が生涯の伴侶に出会ったのは、見合いの席だった。俯(うつむ)いてばかりの彼女に困り果てた彼は、庭に連れ出して散歩を始める。

彼もまた人見知りだった。互いに異性とどう接していいかわからず、無言の時間を過ごすだけだ。けれども気まずい空気ではない。どこか心が安まる時間だった。

若い男女の微笑ましい姿がそこにはあった。今のようにスマートフォンもなく、ジェンダーなんて言葉もない。男には男の役割があり、女には女の役割があった時代だ。

それでも若い二人が幸せだったのは、間違いない。

あの時のあなたの顔。今もよく覚えてるわ。

結婚式のこと、子供が生まれた時のこと。喧嘩（けんか）もした。泣いたこともあった。しかし、夫婦で乗り越えた数々の困難が二人の絆（きずな）を深くしたのもまた事実だった。

綴られる想い出は、樹の記憶とも一部重なっている。

夫を支える傍ら営んでいた駄菓子屋は、いつも子供たちで溢れていた。チョコレート、飴（あめ）、ソースせんべい。甘いものからしょっぱいものまで、夕飯までの子供たちのお腹を満たしてくれる。くじもあった。ゴムボールや縄跳びも。夏は水鉄砲がよく売れた。

仕事がお休みの日は、あなたも一緒に店番をしてくれたものね。

ありったけの想い出をノートに綴った。思いだしたものがあれば、書き足した。書くことがなくなるまで記憶を絞り出したあとは、ノートを閉じていとおしげに眺める。

わたしね、認知症なんだって。少しずつ忘れていくんだって。あなたのことも、忘れてしまうのかしら。でも、わたしが忘れてもこのノートが覚えておいてくれるわ。何度忘れても思いだせる。わたしが死んだらね、仏壇に飾ってもらうの。

彼女は前向きだった。

もう十分生きた。子供にも恵まれた。孫もできた。これ以上ないくらい幸せだった。他に望むことはない。

想い出をなくしてしまいたくない。それが、たったひとつの願い。

しかし、その表情がふいに変わった。精気が失われ、目が虚ろになる。その表情のままノートを本棚にしまった。しばらくぼんやりしていたが、我に返ると辺りを見回す。

あら、わたしのノート、どこにしまったかしら。

大事なものなのになくしてしまった。どこかへ置き忘れたかもしれない。慌てて部屋中を捜す。本棚にあるのを見つけ、大事そうに胸に抱えた。

よかった、あった。

ノートを読むと思いだせた。毎日のように想い出を確認する。それで十分だった。けれども、病はかろうじて想い出と繋がっていた最後の糸までをも断ちきろうとする。

何をなくしたの？

それがわからなくなった時の絶望。大事なものだとわかっているのに、思いだせない。

記憶は封印された箱のようにしっかりと蓋を閉じてビクともしない。老化で躰が硬くなっていくように、記憶も硬く縮こまって開こうとしなかった。しまっておかなきゃ。ううん、違う。大事に持っていなくちゃならないもの。本当にそうなのかしら？　そんなもの本当にあったのかしら。

頭に靄がかかったようになり、今自分が何をしようとしていたのかすら、わからなくなることがある。また、ふいに頭がはっきりする時もあった。

そんな時、彼女は気づくのだ。

大事なノートがない。

必死で捜すが、そうしている間にまた頭に靄がかかりはじめる。ああ、お願い。見つかるまで我慢して。もう少し頑張って。

衰えた自分の能力に訴えるが、為す術もなく靄に取り込まれてしまう。そして、とうとう何を捜していたのかすら完全に思いだせなくなった。

我に返ると、樹は骨董品店の中に立っていた。辺りはシンと静まり返っている。心臓がドキドキしていた。

「また見たのか？　俺が来る前にデスクに触ったな」

「は、はい」

また波長が合ったのか。いや違う。そう何度も偶然が重なるはずがない。

「俺の影響かもしれないな。もしくは、波長が合う相手に出会ったのがきっかけになって目覚めた可能性もある」

目覚めた可能性。

子供の頃は何度か見たり聞いたりしたが、中学にあがる頃からそんな経験はしなくなった。けれどもずっと存在していた。気づかなかっただけだ。

「想いは、あちこちにあるんですね」

孫から話を聞いた時よりも、心が締めつけられた。彼女の気持ちに直接触れたからだろう。記憶を失う切なさと、それを受け入れた彼女の強さ。そして、いざ病が進行した時の、彼女の不安。

「あんたが捜してたのは、旦那との想い出だよ」

由利が言うと、デスクに重なるように老婦人の姿がうっすらと浮かびはじめた。彼の声が聞こえるのだろう。向かい合うように立ち、次の言葉を待っている。

「これは遺族に届ける。ちゃんと仏壇に飾ってもらうよ。そうすりゃ何回忘れても思いだせる。遺族が思いださせてくれる。想い出はなくならない。俺が保証するよ」

由利の静かな言葉は、心に染み渡った。

こんなふうに由利はものに宿った想いに寄り添うのだ。強く想うがゆえに、本人からちぎれ、この世に残り、何かを願い続ける。そんな悲しい存在を救っている。

それがどんなことなのか、身に染みてわかった気がする。

彼女は由利が差し出すノートに手を伸ばした。実際には触れられないが、いとおしげに表紙を撫でている。

ああ、そうだわ。これだったわ。これを捜していたのね。

安心したように目を細める彼女の微笑みから、もう二度と捜しものをしなくていいとわかる。その姿は闇に溶けるように消えていき、声もしなくなった。

「浄化、されたんですね」

樹は脱力した。あのまま声が消えなかったら、どうなっていただろう。そんな力もないくせに、何かできないかなんて思いあがりもいいところだ。結局、こうして由利に頼らなければ解決できなかった。

「ありがとうございます。おかげで助かりま……」

その時、由利の躰がグラリと揺れた。慌てて支えようとするが支えきれずに倒れ込む。

「由利さん！」

顔色が悪かった。頬に触れると、びっくりするほど冷たい。

「大丈夫ですか！」

「耳もとで騒ぐな。体力使ったからだよ。……ったく」

ものすごく具合が悪そうだ。

簡単にやったように見えた。だが、思うほど楽ではないのだ。ものに宿った想いを拾うのは。その想いに触れるのは。

「すすみませんっ。マンションまで送ります。あ、いや、二階で休んでください。布団敷いてきますんで」

「他人の布団で寝られるか。帰る」

「えっ、でも……っ」

「お前の涎が染み込んだシーツの上で寝ろってのか。冗談だろ」

相変わらずの口の悪さに反論できず、送ることにした。タクシーを呼び、由利とともにマンションに向かう。肩を貸してなんとかオートロックを解除して中に入ったが、そこで由利は力尽きたように再び倒れた。

「ゆ、由利さん……っ、もう少しですからね」

両脇に腕を差し込んで運ぼうとするが、案外重い。自分の体力のなさを情けなく思いながら、少しずつ運ぶ。

その時、エントランスの外に知っている男を見つけた。

「あ、百目鬼さん！　いいところに！」

「おう、何やってんだ？」

ぐったりしている由利に気づいた百目鬼は、持っていた買いもの袋を樹に押しつけた。そして由利の顎に手をかけ、右、左と動かしたあと、軽く頬を叩く。

「あ～あ、完全に気ぃ失ってんなぁ。何があったんだぁ？」

樹が答えるより先に、由利をひょいと肩に担いだ。さすがだ。まるで米袋でも扱っているように軽々と大の大人一人を持ちあげる。

「実は、ものに宿った想いを浄化してもらったところなんです」

「なるほどな。時々倒れるみてぇだからな」

エレベーターが下りてくると、由利の部屋に向かった。部屋の鍵はポケットに入っている。本人に無断であがり込むのは気が進まなかったが、仕方がない。

「邪魔するぞ～」

百目鬼は慣れているのか、寝室に直行して由利をベッドに下ろした。弾みでポケットから長財布が落ちる。中身が一部散らばり、慌てて拾った。交通系カード。免許証。そして、誰かの写真。

男の子が二人映っていた。兄弟だろうか。一人は小学校低学年くらいで、もう一人は学ランを着ているので中学生だろう。十年くらい前のものかもしれない。

「これ、由利さんですよね」

写真を手にした樹を見た百目鬼が、厳しい声をあげる。

「戻しとけ」

ドキリとした。その表情は、いつになく硬い。

「いいから戻しとけ」

反論を許さない言いかたに写真を財布にしまったが、気になって仕方がない。大事な写真に違いなかった。

「触れないほうがいい。あいつの過去に触れると激怒するぞ。知らん顔しとけ」

「わ、わかりました」

そうは言ったものの、一度目にしたそれは脳裏に焼きついて離れない。

写真の由利は笑っていた。一緒に映っているのは、弟か親戚だろう。いや、あの頃から能力があったのなら、仕事で関わった誰かなのかもしれない。年少の子が由利に懐いているのが写真から伝わってきた。身を寄せ、満面の笑みを浮かべていた。楽しそうだった。

由利にも大事な人がいるのだと思うと、口の悪い男が急に人間臭く感じた。

第三章　人形は語る

仏間から見える中庭は、光で溢れていた。蟬の勢いは衰えず、午後二時ともなると太陽は勢いを増し、座っているだけでも汗が滲む。エアコンを入れてくれたが、部屋が冷える頃には帰るだろう。もと駄菓子屋だった家は改築されていて、今はその名残すらない。

樹は仏壇に線香をあげ、しばし手を合わせると勧められるまま座布団に座った。冷たい緑茶は鮮やかな色をしている。

「これがデスクの隠し収納から出てきたノートです。アンティーク家具には時々そういった仕掛けがあるんですけど、古いから木が歪んでたみたいで、組み木が硬くて動かなかったんです。祖父はそれで気づかなかったんだと思います」

「そうでしたか。わざわざありがとうございます。天国のお義母さんも喜びます」

深々と頭をさげられ、樹は恐縮した。出されたお茶に手を伸ばし、喉を潤す。澄んだ緑色のそれは爽やかで、汗がスッと引いた。

「ずっと捜してたんです。まさかそんなところに隠してたなんて」

「お渡しできてよかったです」

由利が持ち主に約束したとおり、樹は仏壇にノートを供えるようさりげなく提案した。もともとそのつもりだったようで、すぐに飾られる。遺影の中の人は、デスクの前にうっすら浮かんで見えた人と同じで、不思議な感じがした。

「じゃあ、これで失礼します」

玄関から見送られ、炎天下の中を歩いていく。手をかざして空を見あげると、入道雲が偉大な姿で浮かんでいた。ほとんど動かないそれは、この季節がまだ勢力を衰えずに居座ると仄めかしている。猛烈な暑さがあたかも自慢の武器であるかのように。

ふと現実に返り、空を見あげたまま乾いた笑みを漏らす。

「はは……。また借金増えた」

あれから由利は昏々と眠ったが、起きるなり報酬を請求してきた。わかっていたことだが、せっかく減った借金がまた増えるとなると、やはり気落ちしてしまう。

だが、それ以上に気がかりなのは由利のことだ。

財布の中から零れ落ちた少年二人の写真。

見せられるのはいつも皮肉めいた笑みばかりで、純粋な笑顔を見たことがない樹にとってあの写真は心を和ませるものでもあったし、同時に切なくなるものでもあった。

由利を知れば知るほど、口の悪さで防壁を作っている気がしてならない。

『想いってのは結構いろんなもんに残ってるんだ。そういうのは放っておいても消える。だけど、それが消える前に声を拾って届けると遺族は案外喜ぶんだ』

その言葉を思いだすにつけ、単に金目当てでやっているとも思えなかった。倒れた時の躰の冷たさや顔色の悪さからも、相当の負担になっているのは明らかだ。

「いつからあんな強い力を持ってたんだろ」

ずっと多くの悲しみに触れ、怒りに触れ、切なさに触れ、愛情に触れ——他人の人生を経験するように、残された想いに触れ続けてきた。人より早く大人にならざるを得なかったかもしれない。

そして何より、詐欺師として逮捕された。時には嘘(うそ)つき呼ばわりされただろう。他人にはない、理解されにくい力を手にすることがどんなに孤独か——。

「これ以上、負担かけちゃ駄目だよな。由利さんには頼らないことにしよう」

何か訴える声が聞こえてきても、耳を塞ぐ。二度と関わらない。そう決意する。

日陰を選んで歩いていると、スマートフォンが鳴った。友人からのメッセージだ。兄からバイクを借りられたから、これから会わないかと誘っている。

「え、近くにいるんだ」

夏休みに入ってから友人たちとは一度も会っておらず、急に会いたくなった。地図アプリで来るというので、住所を教える。祖父母の家に戻って待っていると、十分ほどして電話が鳴った。店の前にバイクが停まっている。

「おお、樹ぃ〜。久しぶり！　元気してたか？」

「久しぶり、チガ。案外早かったね」

市谷(いちがや)とはサークルの一年生同士で、学食でよく時間を潰す仲間だ。学部も同じ法学部で法心理学の授業などいくつか一緒の講義を取っていた。気が合う友人だ。

「チガ、なんか日に焼けてる。海とか行った？」

「いや、まだ行ってない。バイト三昧だから。遺品整理のバイトって結構あるんだよ。日給いいし稼げるぞ。樹は？」

「全然。蔵の片づけが思ったより時間かかってさ。とりあえず入って」

「おじゃましま〜す。おお〜、なんか雰囲気ある〜」

市谷は店内を見渡した。壺を覗き込み、古い箪笥の彫刻を指で撫でたりしながらついてくる。好奇心旺盛だ。

好きなだけ店内を見てもらったあと、庭に面した仏間に通した。

「おお〜。マジ蔵じゃん。蔵っ、すげぇ。金持ちっぽい」

「昔はそうだったみたいだけど、僕が生まれた時はもう普通の家だったよ。あ、アイス食べる？　ソーダしかないけど」

「いるいる」

冷蔵庫からソーダアイスを出して渡すと、嬉しそうに封を開ける。

「お、サンキュ。ところで樹、ボランティアやってる？」

「全然」

「やっぱり？　この前さ、田中から連絡あって運転手頼まれた」

「何したの？」

「猫運び。捕まえた野良猫が入った捕獲器を動物病院まで運んだんだよ。なんか避妊とかして戻すんだって」

田中とは保護猫のボランティアをしている子だ。おもちの捜索の時に連絡をしたきりだが、相変わらず精力的に活動しているようだ。

「すごいね。しっかりしてるっていうかさ」

「あいつ動物好きみたいだしな、すげー真面目。俺がサークルに入ったのなんてさ、就職する時に有利って勧誘されたからなんだよな～」

有利という言葉に、再び口の悪い男のことを思いだした。今は仕事で遠くに行っているはずだ。

今回はどんな想いに触れてくるのだろう。

樹が出会ったふたつの心残りを思いだし、また切なくなった。自分なんかよりずっと強い力を持ってしまった彼は、孤独なのだろうか。

「ん？　どうかした？」

「ああ、ごめん、ぼんやりして。そういや今度、うちのサークルで海の清掃活動やるって連絡来たけど。チガのとこは？」

「来たよ。あれは行こうと思ってる。地元の人たちと一緒にやるんだよな」

サークル活動は三年生の幹部が中心となって決めるのだが、遊びも上手く取り入れているので参加しやすい。特に一年生の中にはボランティアなどしたことのない者も多く、何をしたらいいかわからない。遊びの中で覚えるのは、堅苦しくなくていい。

そして、いざ災害が起きれば自治体が募集しているボランティアの情報をいち早く集めてサークルのメンバーに伝える。行動力もだが、情報収集力もしっかりしていた。

「だけどここいいなー。俺も祖母ちゃんち思いだす。古い家って落ちつく。樹の自宅よりこっちのほうが大学に近いだろ。こっちから通えばいいのに」

「そうだなー。一人暮らしもいいかも」

あっという間にアイスを食べ終えた市谷は両手を伸ばし、畳の上に寝そべった。

「なー、樹。遺品整理のバイトやらない？　俺が登録してるとこ人手が足りないんだ」

「ありがとう。でも遺品整理ってちょっと怖い」

「確かにあんま気持ちのいいもんじゃないよな。特にこの季節は」

亡くなったあと、何日も気づかれずに放置された遺体を想像して背筋がぶるっとなった。ただでさえものに宿った想いが見えたりするのに、遺品に近づいたらどうなるのか。あまり想像したくない。

「やっぱり手を合わせてから仕事始めるの？」

「そうそう。もう死んでるけど尊厳とかあるからな。失礼がないようにしないと」

それからしばらくダラダラしたあと、少し遠出をすることにした。向かったのは大型商業施設で、書店を覗き、洋服を買ったあとビュッフェ形式のランチで腹を満たす。ランチが午後五時までというのは、嬉しい。ソフトクリームも食べ放題だ。

帰りのバイクは、食べ過ぎた市谷が「しっかり摑まられると口から出る！」と言って、笑いながらゆっくり走った。

「じゃあな。また連絡する」

「うん。今日は誘ってくれてありがとう」

店の前で手を振り、バイクが見えなくなるまで見送った。

久しぶりに気分転換ができ、気持ちは晴れ晴れしている。気力も満ちてきて、由利から連絡が来る前に少しでも蔵の片づけを進めておこうと気合いを入れた。

「よし、今日はふたつ目を終わらせ……」

仏間に入った瞬間、座卓に置かれたものが目に飛び込んできて血の気が引いた。ゴクリと唾を呑む。

異様な佇まいで樹の目の前に現れたのは、ガラスケースに入れられたうさぎのぬいぐるみだった。ケースは日本人形を飾るのに使うようなもので、普通ぬいぐるみは入れない。

「もう、なんでこんなことするんだよ」

いつの間に置いたのだろう。こんなイタズラをしていくなんて悪趣味だ。

市谷の仕業だと思った樹はすぐに写真つきでメッセージを送った。

――なんだよこれ。びっくりするだろ。冗談きつい。

バイクに乗っているからすぐに返事はないと思っていたが、案の定返事が来たのは一時間後だ。まだ外は明るいが、刺すような日差しは和らいでいる。

――何この写真。

――やめろ～。チガが置いてったんだろ？

――本当に知らない。俺じゃないよ。

――え、マジ？　ごめん。じゃあこれ置いたの誰だろ。

――うぇぇ、怖(こえ)ぇぇぇ。大丈夫？

――うん、大丈夫。ごめん、もしかしたら蔵の荷物に紛れてたやつかも。

本当にそうとは思わなかったが、友人の悪ふざけを疑った後ろめたさからすぐにやり取りをやめた。スタンプで会話を終わらせると恐る恐るふり返り、遠くから観察する。

うさぎのぬいぐるみは愛らしいが、ガラスケースに入っているだけで異様な雰囲気を漂わせていた。日が陰ってきて、仏間全体が怪しげな色に染められる。半透明の人間が恨めしやと出てきそうだ。

ごめんなさい。

ふいに女性の声が聞こえた。

「わ～～～～～～～～～～～っ」

耳を塞いで裸足のまま庭に飛び出した。心臓が激しく躍っている。

「嘘だろ嘘だろ嘘だろっ。なんだよ誰が置いたんだよぉ〜」

微動だにせず、座卓のぬいぐるみを凝視した。ホラー映画のように、ゆっくりとふり返ったりしないし笑いはじめたりもしない。歩きだすこともない。しかし、西日に照らされてオレンジ色に染められた夏の夕暮れの中で見るそれは、不気味に見えた。

息を殺して庭の隅から眺めていると、また聞こえてくる。

ごめんなさい。

「わーっ、もうやめてくれって!」

間違いない。また声だ。ものに宿った想いが何かを訴えている。

「無視無視。無視するに限る」

自分に言い聞かせて、玄関に回って家に入った。明日になれば消えているかもしれない。そんな淡い期待を抱いたが、仏間にあると無視しようにも目に飛び込んでくる。夜になれば、ますます怖くなるだろう。

今のうちに店のほうに移動させようと決心した樹は、恐る恐る仏間を覗いた。

ごめんなさい、本当にごめんなさい。

今度は啜り泣きまで聞こえてくる。

「ううっ、なんで聞こえるんだよ〜」

直接触れると『背景』が見えるかもしれない。前回はタイムラグがあったが、由利が来た途端景色が広がった。彼の影響とも言えるが、より強い力に目覚めた可能性も捨てきれない。

「いや、ケースに入ってるんだから大丈夫だって」

自分に言い聞かせ、仏間に入っていった。恐る恐る手を伸ばし、ガラスケースを持ちあげる。触ったのに何も見えてこなった。やはり、想いが宿ったものはぬいぐるみだろう。直接触れなければ、残された想いを覗き見ることはない。

爆弾でも運ぶようにそろそろと店まで運び、脚立を持ってきて和簞笥の上に置いた。奥のほうへ押し込むと見えなくなる。

ごめんなさい、本当にごめんなさい。

脚立を畳んで店を出る樹の背後から、悲しげな訴えがずっと聞こえていた。

声が聞こえるようになって、五日が過ぎていた。

朝、祖父が店番の時に使っていた六畳の部屋から店を覗き見る。ここからぬいぐるみは見えないが、和簞笥と天井の間の薄暗い空間が、気になって仕方がない。

樹はごめんなさいと謝る声を無視し続けた。けれどもあまりに悲しく、切実に訴えるものだから覗かずにはいられないのだ。

「無視してれば消えるんじゃないのかなぁ。やっぱり燃やさなきゃ駄目？」

おもちの時、由利は首輪を燃やせと言った。自然に消えることを願っていたが、そう簡単にはいかないのかもしれない。

「燃やすしかない」

意を決した樹は、脚立を持って店の中へ入っていった。これ以上、由利を頼るわけにはいかない。だから自分でなんとかする。

「失礼します」

手を合わせ、奥に手を伸ばしてガラスケースを引き寄せた。砂のようなゴミが落ちてきて目に入る。何度も瞬きをすると涙で異物は流れたが、今度は埃を吸って咳き込んだ。両手でガラスケースを持ったまま脚立から降りようとするも、慌てていたせいで足を踏み外した。バランスを崩す。

「っとっとっと……っ、——ぅわ……っ！」

スローモーションの映像を見ているようだった。

傾くガラスケース。外れる蓋。飛び出すぬいぐるみ。落ちているとわかっているのに、躰は動かず体勢が整えられない。自分に向かって降ってくるぬいぐるみを見ながら、ただひっくり返るだけだ。

「いった〜」

床に尻餅をついた樹は、痛みに声をあげた。自分の鈍臭さが嫌になる。ため息をついて立ちあがろうとして心臓が跳ねた。かろうじてガラスケースは割れなかったものの、直接ぬいぐるみに触れている。

ヤバい。

唾を呑み、膝の上に落ちたそれを見ながら変化が起きるのを待った。

静まり返った店内に、動くものはない。心音がやけに大きく聞こえる。そのまましばらく待ったが、何も起きない。背景など見えてこない。

「なんだ。やっぱり由利さんの影響……」

安堵して立ちあがった瞬間、ドン、と圧がかかったようになり、一瞬で辺りの空気が入れ替わった感覚に見舞われた。そして、ここことは違う景色が目の前に広がる。

畳部屋に座る女性の姿があった。年齢は三十代くらいだろうか。後ろでひとつに束ねた髪は艶がなく、化粧も薄い。ネイルもしておらず、生活苦が顔に滲んでいた。

だが、抱えているのは金銭的な問題だけではなさそうだ。

「ごめんなさい、彩花。本当にごめんなさい」

彼女はうさぎのぬいぐるみを抱き締めていた。自分の子供のように顔を覗き込み、頭を撫でる。いとおしそうな目をする。

「ひどい母親よね。あなたを捨てるなんて、本当にひどい母親」

目に涙をため、何度も詫びている。

彼女が子供を手放した母親なのは、一目瞭然だった。けれども、捨てたくて捨てたのではないと想像できる。何か事情があるのだろう。手放さなければならなかった理由はわからないが、望んでしたことではない。

樹はその様子を息を殺しながら黙って見ていた。

彼女はぬいぐるみが子供自身であるかのように、優しく語りかける。

今は何をしてるの？　学校は楽しい？　どんなお友達がいるの？　お母さんがいなくても平気？　寂しくない？

彼女は子供について知りたがっていた。そして、幸せであることを願っていた。何度もぬいぐるみを撫で、抱き締め、話しかけている。

なぜ、ガラスケースに大事にしまわれていたのかようやくわかった。手放した子供の分身だからだ。

気がつけば、樹はぬいぐるみを抱いたままぼんやりしていた。触れたのがあまりに寂しい感情だったせいか、気持ちが沈む。彼女の悲しみに心が侵食されていくようだ。

「どうして子供を手放したんだろ」

その想いに触れると事情を知りたくなり、なんとか浄化してやれないかと考えはじめていた。このまま子供を想う気持ちだけがこの世に残るなんて、つらすぎる。いっそ燃やしたほうがいいのかもしれない。

けれども、燃やしたらどうなるかは知らない。単に消えるだけならいい。しかし、樹に影響を及ぼさないだけで、想いそのものがどうなるかは聞いていなかった。宿る先を失って彷徨（さまよ）い、苦しみが増したりするのは本意ではない。

「由利さんに仕事として依頼していいかな」

力を使ったあと彼がどうなるか知っているだけに、迷った。本当に頼んでいいのかと。しかし、直接触れてしまった以上、ただ燃やせば終わるとも限らない。不用意に何かしておおごとになれば、結局由利を頼るしかなくなるのだ。

「怒られるだろうな」

樹はため息とともに力なくそうつぶやいた。

冷たい目で見下ろされた。

由利の部屋に来た樹は、親に怒られる子供の気持ちで立っていた。先ほど樹がスイッチを入れた洗濯機がパタパタと回っている。

何が言いたいのかわかっていた。意図していなかったとはいえ、うっかり触るなんて馬鹿だ。わかっている。

「このアホンダラ。また自分から関わろうとしてるのか」

「ち、違います……っ。本当に燃やすつもりだったんです。脚立から落ちた弾みで触ってしまって」

「お前な、ことの重大さがわかってるのか？」

「重大さって」

「そのぬいぐるみってのは、友達が遺品整理した場所にあったんだろ」

「多分、そうです」

由利は大げさにため息をついてみせた。

由利が言うには、ぬいぐるみは樹を頼ってきた可能性がある。想いを叶えてくれる誰かに引き寄せられることはあるようだ。由利が自分から仕事を取りに行かずとも、依頼人が途切れないのもそんな説明のつかない理由があるからかもしれない。

人はそれを縁と言うが、繋がらないほうがいい縁もある。

「お前、本当に目覚めてしまったのかもな」

「えっ」

「俺が傍にいなくても見えたんだろう？　単に波長が合ったじゃ済まされない」

本当にそうなのだろうか。

だが、由利といた時のように、全貌がわかったわけではなかった。見えたのは、想いが宿った背景の一部にすぎない。どうせ力が備わるなら中途半端にではなく、自分で解決できるくらいのものを手にしたい。

由利の苦労も知らないのに、そんなふうに考えてしまう。

「取り憑かれるようなものだぞ。中途半端な力は危険なだけだ」

何が言いたいのかは、わかっていた。そういったものに触れるたびに、由利を頼るわけにはいかない。だから了解を得るまではと、ぬいぐるみは箪笥の上に戻して持ってこなかったのだ。

「わかってます。わかってますけど、あのお母さんの気持ちを考えると」

言いながら、自分の本音はそれなんだと気づいた。結局、由利の力で浄化して欲しいのだ。自分勝手だと言われても仕方がない。

「お前に何がわかるんだ」

「え？　何って……？」

睨まれているのに気づいた。たじろぐほどの厳しい視線だ。何も言えずにいると、由利は唇を歪めて嗤う。

「会ったこともない人間だぞ。一瞬、その女の後悔を覗いただけでわかった気になるなよ。後悔は一時的な感情かもしれないんだぞ。普段は子供のことを忘れてたかもしれない」

由利が怒っているのはぬいぐるみに触れたことにではなく、子供を捨てた母親に対してのようだった。てっきり樹の愚かさに苛立っていると思っていただけに、戸惑わずにはいられない。

「でも……っ」

「でもじゃない」

口が悪いのはいつものことだが、とげとげしい感情をここまで露わにしたことがあっただろうか。言葉遣いや態度の話ではなく、感情が尖（とが）っている。

「子供を捨てた母親なんだろ？　自業自得だ。そんな想いなんて、燃やせばいい」

「燃やしたら……想いは、どうなるんですか？」

「知るか。そいつは子供を捨てたんだよ。どんなに悔やんでも捨てたことに変わりない」

由利は凍てつく川のようだった。静かだが、その下の流れは速く、触れると切れる。今、由利の心に触れることができたら、その冷たさに驚くだろう。反射的に手を引っ込めるに違いない。

「まだ俺に借金が残ってるだろ。躰で返せって言ったのはな、お前が大学生で金がないからだ。本当は金を請求したいところなんだぞ」

トドメを刺す言いかたで現実を突きつけられ、黙るしかなかった。

「甘ったれるなよ」

「わ、わかりました。すみませんでした。もう由利さんの前でこの話はしません」

わかったと言ったくせに、とげとげしい言いかたをしてしまう自分がつくづく嫌になった。由利の言うとおりガキだ。子供だ。何もわかっていない。

洗濯物を片づけ、風呂場を隅々まで綺麗にした樹は由利のマンションを出た。外は相変わらず暑くて、歩いているだけで汗が流れ落ちる。途中、自動販売機で清涼飲料水を買った。日陰に入って喉を潤す。

蝉の狂騒の中にいると、置いてけぼりにされた気分になった。この暑さのせいか出歩く人の姿はない。車は熱と排気ガスを振りまきながら走りすぎていくだけだ。

ごめんなさい。

声を思いだし、気が沈む。悲しい訴えを聞けたとしても、どうにもできない。自分に備わった中途半端な力が恨めしかった。

「どうして聞こえるんだろ。祖父ちゃんは平気だった？」

縋るように、優しかった祖父の笑顔を思い浮かべる。

その時、着信が入った。市谷だ。普段はメッセージでやり取りしているのに、わざわざかけてくるなんてめずらしい。

電話に出ると、思いのほか深刻そうな声が聞こえてくる。

『ごめん、今日わかったことなんだけどさ』

市谷は今日も遺品整理のバイトをしたようだ。休憩時間にホラー話で盛りあがったらしい。そして、ガラスケースに入ったぬいぐるみの話になった。

「送った写真見せたの？」

『そう。そしたら急に顔色が変わってさ、遺品整理でこの写真の荷物を片づけた覚えがあるって。ガラスケースに入ったぬいぐるみなんて滅多にないし、ちょっと不気味だから覚えてたらしい。蔵の中にあったものかもっての、本当か？』

「うん、多分」

嘘だ。あれは間違いなく、遺品整理をした部屋にあったものだ。それが樹のところに来た。由利によると、頼られている。

『なんか気持ち悪いよな。寺とかに持ってって処分したほうがいいんじゃないか？』

「そうしようかな。念のためさ、その遺品整理した部屋の場所教えてくれるかな」

自分の言葉に驚いた。部屋に行くつもりなのか。なんのために。本人はもう亡くなっているのに。

よくわからなかったが、そうせずにはいられない。

『個人情報だしバイト先に住所聞くわけにはいかないから、俺の手書きで地図を送る。それでいい？』

「十分十分。ありがとう」

電話を切った樹は、軽くため息をついた。由利にあそこまで言われたのに、まだ関わるつもりなのか。ぬいぐるみの持ち主が住んでいた場所を見たところで、なんの解決にもならないとわかっているのに、それでも心が向いてしまう。

何かに引き寄せられるように。


「ここか……」

到着したのは、寂れたアパートだった。鉄骨の階段や壁の染み、ヒビ。敷地内は雑草が伸びていて、古い自転車が放置されている。ものが乱雑に置いてあり、捨てるつもりなのか一時的に置いているのかわからない。

どこからか、カンッ、カンッ、と金属を叩く音がしていた。付近には工場があり、すれ違うのは夏休みを満喫する子供ではなく、作業服を着た男性か手押し車を押して歩く老人だ。寂れた空気がこの付近を包んでいる。

「何やってんだろ」

樹はしばらくアパートを見あげていたが、見に来たところで何もできないことを思い知り、嗤った。理想ばかりが高い。由利があんな顔をするもの当然だ。

『そいつは子供を捨てたんだよ。どんなに悔やんでも捨てたことに変わりない』

ふいに由利の言葉が蘇(よみがえ)る。

様子がおかしかったのは、間違いない。しかも、懲りずになんにでも首を突っ込もうとする樹に怒ったのではなく、子供を捨てた母親にだ。

なぜ、と自問し、由利について何も知らないと思い知った。厄介な頼みごとをしていいほどの関係ではなかったのだ。そのことに気がつくと、少し寂しい気持ちになった。

力の差はあれど、他人には見えないものが見え、聞けない声が聞こえる——それを共有できる由利を、歳の離れた友人か仲間のように感じていたのかもしれない。

あんな頼みごとをした自分が子供だったと改めて思い知り、恥ずかしくなった。

「明日ちゃんと謝ろう」

由利に対する自分の言動を全部取り消したい。忘れて欲しい。

「お。何やってんだ、樹」

駅までの道をとぼとぼ歩いていると、背後から声をかけられた。ふり返った樹の目に飛び込んできたのは、意外な男の姿だ。

「百目鬼(どうめき)さんっ」

百目鬼は相変わらずだらしない格好をしていた。スーツの上着を肩に担ぎ、ネクタイは緩めたまま首にぶら下げている。まくった袖から、腕の筋肉がしっかりついているのが見えた。だるそうに歩いているが、それはどこか大人の余裕にも感じてしまう。

「どうした？　冴えねぇ顔しやがって。由利となんかあったか？」

いきなり図星を指されて言葉も出なかった。鋭い。やはりただのやる気のない大人ではないのだろう。

「まぁ、ちょっと」

「そうかそうか。あいつは口が悪いからなぁ。樹みたいな素直な子が相手するには、ちょっと面倒な相手だもんなぁ」

「悪いのは俺です」

力なく言う樹に、百目鬼は意外そうな顔をした。

「本気で落ち込んでやがるな。聞いてやるからおいさんに言ってみろ」

こっちに来い、と顎をしゃくられ、ついていく。偶然にも先ほどのアパートまで戻ってきた。自動販売機でジュースを買ってもらい、塀に寄りかかってペットボトルを開ける。吸っていいか、と聞かれ、どうぞと答えた。風下に立った百目鬼は、ゆっくりでいいぞとばかりに樹を見下ろして一服を始めた。

何から話していいかわからないが、目を細めて旨そうにタバコを吸う百目鬼を見ていると、頭の中が整理できてくる。

「実は……」

樹はこれまでのことを話した。吐き出して少しは楽になると思ったが、自分の愚かさを再確認するようなものだった。それでも話を聞いてくれる人がいるだけで救われる。

「で、そのぬいぐるみの持ち主ってのが、このアパートに住んでたのか」

「はい」

「部屋はどこだ？」

一階の一番左だと答えると、困ったように頭をボリボリと掻（か）いた。

「どうかしたんですか？」

「その部屋で孤独死したのは、俺の知り合いだ」

「え……。――ええええええっ!?」

変な声が出た。

唖然（あぜん）としていると、百目鬼は咥（くわ）えタバコのまま空を見あげる。

「なんつー偶然かねぇ」

苦笑いし、タバコを携帯の灰皿に押し込みながら、百目鬼は続ける。

「こういうことがあると、お前らの能力が実在するって実感できるよ。いつも髪を後ろでひとつに束ねてなぁ。お前が見たのは、間違いなくあの部屋の住人だった女だよ」

話によると、ぬいぐるみの持ち主は万引きの常習者だったらしい。生活苦もあったが、単にそれだけではなく、心の穴を埋める手段だったと百目鬼は思っている。

「子供を手放した寂しさですか？」

「多分な。俺がお巡りだった頃に知り合ったんだが、出会った頃はボロボロだった。毎日話を聞いてやったら万引きはやめたよ。それ以来のつき合いだった」

百目鬼は逮捕した相手がちゃんと更正したかどうか、確認しているという。

「もちろん全員じゃねぇがな。どうしても気になる奴ってのがいてな。そういう奴は手を差し伸べれば大きく変わるんだよ」

「百目鬼さんって世話好きなんですね」

「俺の親父もお巡りだから、生まれ持った性分かもしれねぇな。真面目に生きてきた人間からすると、犯罪に手を染めるような奴はろくな人間じゃないと思うだろうが、紙一重の違いだったりするもんなんだ。わかるか？」

「まぁ、なんとなく」

環境に恵まれなくても、ほとんどの人間は犯罪に手を染めずに生きている。けれども、両親がいて、大学にも通わせてもらい、何不自由なく暮らしてきた樹が不遇なあまり間違いを犯す人を簡単に責めてはいけないというのも、ある程度は理解できるのだ。

「逆境に立ち向かえるような奴ばかりじゃねぇからな。俺はそういう奴らを見捨てる気にはなれねぇんだよ。少し気にかけてやれば、道を踏み外さずに済む奴もいるんだ。ほんのちょっとでいい」

だから百目鬼は、由利のことも気にかけているのだろうか。以前、逮捕は間違いだったと言っていた。それならなおさら放ってはおけないだろう。

百目鬼はおもむろに壁から躰を離すと、アパートの敷地内へ入っていった。

「どうかしたんですか?」

まっすぐに向かう先にいるのは、女子高生だった。彼女は人相の悪い大男が近づいてくるのに気づいて警戒心を見せる。

「嬢ちゃん、ちょっといいか?」

「な、なんですか?」

「ここで何してる?」

「何って……あなたには関係ないでしょう」

「何してるか聞いてるだけじゃねぇか」

怯(おび)えているのは一目瞭然だった。怖い顔で『嬢ちゃん』なんて言われれば、あんな反応をして当然だ。慌てて百目鬼のほうへ走る。

「ちょっと百目鬼さんっ!」

「どの部屋に用事があったんだ? それくらい聞いていいだろう」

「しつこくすると警察呼びますよ」

「俺が刑事だ」

苦笑いしながら手帳を見せると、少女は目を丸くした。恐怖心は消えたようだが、警戒は完全には解いていない。

「もう、百目鬼さんってば顔怖いんですから、そんなにグイグイいかないでくださいよ。相手は高校生ですよ」

「お、そうか？」

とぼけた態度が彼女を安心させたようだ。肩から力を抜いたのがわかる。

「さっきからこの辺りをうろついてただろうが。新聞受けのテープ剝がして中ぁ覗いてただろう？　裏にも回ったよな。部屋の中がそんなに気になるのか？」

気づかなかった。二人で話していたのに、そこまで見ているなんてさすが刑事だ。ダラダラ休憩しているだけのようだったのに、ちゃんと周りを見ている。

「何って別に……ちょっと見たかっただけですけど」

「ちょっと見たかったにしては、念入りだったぞ。最近はガキが空き家に入り込んで夜中にパーティーすることもあるからな。大麻なんか吸ってよ」

「そっ、そんなことしませんっ！」

とてもそんな不良には見えなかった。百目鬼が本気でそう思っていないのもわかる。

「刑事さんには関係ないでしょ」

「いいや、犯罪が関わってるならおおいに関係ある。なんなら署まで来て話を……」

署までと言われて怖くなったのか、彼女はすぐに白状した。

「自分の母親が住んでたアパートを見に来ただけです！」

「自分の母親ぁ？　ここにお嬢ちゃんが住んでたなんて……」

「だから違います！　一緒に住んでたわけじゃないんです！　わたし、母親に捨てられたんだから。自分を捨てた母親がどんな場所で最期を迎えたか、見に来たっていいでしょ」

驚いた。彼女はぬいぐるみを抱き締めていた女性の娘だ。こんな偶然があるだろうか。

百目鬼もさすがに予想外だったらしく、「へぇ」と興味深そうな顔をして笑う。

「あ、あの……っ」

樹が話しかけようとすると、怪訝そうな顔をされた。高校生に睨まれてたじろぐなんて情けないが、それほど彼女の視線はこれ以上の介入を強く拒んでいた。百目鬼もそれはわかっているようで、刺激しないよう優しく言う。

「まさか君が彩花ちゃんとはね」

彼女の顔がこわばった。

「君のお母さんを知ってる。俺も彼女が孤独死したと聞いてな、様子を見に来たんだ。遺品整理の業者が入って中のもんは全部処分されてるよ」

「あ、そうですか」

興味がないという態度だが、あえてそんなふうに振る舞っているのがわかる。

「ずっと君を心配してたぞ」

「笑わせないでください。一度だって会いに来たことがないのに、そんなの心配してるって言えますか？」

少女は怒っていた。怒っていたが、礼儀正しかった。感情的になっていても、知らない相手に対して敬語を使うことは忘れない。きちんと育てられたという印象だ。

「君はいい教育を受けたんだろうな」

「どういう意味ですか？」

「制服の着こなしかたや言葉使い、態度からも、いいとこのお嬢さんってわかるよ。こういう仕事をしてるといろんな人間を見るから特にな」

「当然です。親がいないからって馬鹿にされないように、お祖母ちゃんたちに厳しく言われてますから」

「成績もいいんだろう？」

少女は答えなかった。胡散臭い人を見る目を向けるだけだ。とりつく島もない態度に、百目鬼は困ったように笑いながら頭を掻く。

「とにかく、わたしには関係ない人ですから！」

彼女は踵を返して走り出した。その姿が角の向こうに消えると、百目鬼は樹に向かって肩を竦めた。

「部屋を覗きに来たってのに、そりゃねぇだろう。なぁ」

緊張感のない態度に彼女が苛立つのも仕方ないという気持ちになり、樹は「はは」と乾いた笑みを浮かべた。


由利がすこぶる不機嫌な空気を振りまいていた。

同じ空間にいるだけで息がつまりそうだ。いつ爆発するかと、樹は気が気でない。それとは裏腹に百目鬼はというと、涼しい顔でワカメスープを啜っている。柔らかな卵に餡のかかったカニカマ入り天津飯は、ショーケースの見本のように美しい。

「しっかし、俺の料理は最高だな。だろ？　樹」

「あ、はい。滅茶苦茶美味しいです。卵がふわふわで餡とのバランスもよくて」

由利の部屋に押しかける形で来てしまった樹は、いつ爆発するかわからない不機嫌な男と、そんなことは気にもとめない百目鬼の間でひたすら居心地の悪さを噛みしめていた。

それ以上、由利を刺激しないでくれ。

樹の願いはたったそれだけだ。

「ぬいぐるみの持ち主が俺の知り合いだったなんてなぁ。すげぇ偶然だよなぁ。しかも、娘とばったり会っちまった。こりゃ運命じゃねぇか？」

だから手を貸してやれと言わんばかりだが、由利は完全に無視を決め込んでいる。

百目鬼の話によると、彼女はいわゆるいいとこのボンボンと恋をして駆け落ちをしたという。子供ができたが男は無理が祟(たた)って過労死し、そのあと母子家庭で育ててきた。けれども育てきれず、亡くなった夫の両親に子供を託した。

それが今日会った高校生だ。

「頑張ったんだよ。一人で頑張った。でもな、子供のために手放すことにしたんだよ。貧乏でろくな教育も受けさせられないなら、旦那の両親に託したほうが本人のためってな」

「それも愛情ですよね。あ、これ本当に美味しいです。カニの味がします」

「だろう？　このメーカーのカニカマがすげぇんだよ。本物みたいでな。これ使うと格段に旨くなる」

「へぇ。本物入れたかと思いました。ね、由利さん」

無視された。

笑顔のまま固まり、気まずさを呑み込むように天津飯を口に運ぶ。

「だがな、二度と子供には会わないという条件つきなんだよ」

「え、そうなんですか」

「ああ。とにかく彼女を恨んでたからな。そのくらいの条件は出すだろうよ」

百目鬼のひと口は大きかった。樹はまだ半分も食べていないのに、あと少しで完食だ。

豪快な食べっぷりは見ていて気持ちがいい。

「なんだかひどいですね」

「まぁ、親からすればかわいい息子をたぶらかした挙げ句に、息子は過労死だ。そりゃ恨みたくもなる」

「だからって、二度と会ったらいけないなんて」

「娘が母親に捨てられたってのも、そう思い込まされてんだろうな」

ワカメスープを飲み干した百目鬼は、お替わりをついでくる。

「だからなぁ、なんとかしてやりてぇんだけどなぁ。彩花、彩花って、いつも娘を心配してたからなぁ。せめて娘が立派に成長したって教えられたら救われるんだよなぁ」

「確かに……、――っ！」

百目鬼のわざとらしい独り(ひと)ごとに眉根を寄せる由利に気づいて、一気に血の気が引いた。

するぞ、爆発するぞ。もうするぞ。

身構えるが、意外にも静かな口調で言う。

「で、俺にそんな話を聞かせてどうしようっていうんだ？」

「気になるだろう?」

「ならないね」

ばっさりと斬り捨てられても、百目鬼はたいして気にしていないようだった。由利とつき合うなら、このくらい鈍感になったほうがいいのかもしれない。

「子供を捨てた母親が許されていいはずがない」

まただ。

子供を捨てた親。

由利の頑なな態度は、そのことが鍵になっているに違いない。彼も両親との間に確執があるのだろうか。

「そう言うな。強い人間ばかりじゃねぇんだ」

「言いわけだ」

厳しい表情を崩さない由利に説得を諦めたのか、百目鬼は肩を竦(すく)めて話を終わらせる。

「樹、そっちの青菜炒(いた)めも喰(く)え。それお前のぶんだぞ」

「あ! そうでした」

天津飯が美味しすぎて忘れていた。箸をつけると、こちらも店で出していいくらいのクオリティだった。シンプルだがニンニクの風味が生きていて、野菜のえぐみもない。ニンニクと中華出汁(だし)だけでこんなに美味しい炒めものができるなんて驚きだ。

「美味しいです。なんですかこの野菜」

「空心菜だ。ビールのつまみにもいいんだ。これで晩酌すると旨いんだよ」

「うちで飲むなよ」

由利がすかさず予防線を張る。よく見る反応だが、やはりどこか様子がおかしい気がしてならなかった。普段ならもっと百目鬼を罵るはずだ。馬鹿だのアホだのなまはげだの言って責めただろう。あれはじゃれ合いの一種だ。

理解されない力を持ってしまった由利が、心を許した相手に取れるコミュニケーションだと思うと切なくなる。しかし、今はそれすら封印してしまった。

それからしばらくして、百目鬼は電話で呼び出された。どうやら事件らしい。食器をシンクに運ぶと風のように消えた。あれだけ由利を不機嫌にしておいて、それはないだろう。

一人残されたあとの気まずさと言ったら……。

ほとんど無言の時間を過ごした樹は、片づけを済ませると由利のマンションをあとにした。日が暮れても蒸し暑く、不快な風が吹いてくる。

「由利さんもお母さんに捨てられたのかな」

百目鬼なら知っていそうだが、本人がいるところで探るわけにもいかず、わからずじまいだ。思いだすのは、由利の財布から落ちた写真だ。

大事にしまわれていた由利の少年時代。

二人だった。家族写真ではない。たまたま映っていない写真を持っていただけなのか、それとも何か意味があるのか。

祖父母の家に戻ると、店を覗いた。骨董品が並ぶ店内は今夜も闇に沈んでいて、歴史を抱えたものたちは静かに次の主を待っているようだ。

しばらく見ていると、和箪笥の上から声が聞こえた。

ごめんなさい。本当に、ごめんなさい。

まだ泣いている。

この声が彼女の娘に届いたら、少しは母親を許す気になるだろうか。いや、部外者である自分が許してやればいいのにと考えることこそ、身勝手な言いぶんだ。

シャワーを浴び、二階に行って布団に寝そべる。

いつまでも持っているのはよくない気がした。もともと店にあったものではないのだ。頼るように樹のところにやって来たのだから。

「やっぱり処分するしかないのかな」

何もできないのに理想ばかりを膨らませるのは愚かだ。ここできっちり自分を律しないと、また似たようなことが起きる。

由利ほどの力がない以上、諦めるしかないのかもしれない。

その日、昼から由利に呼び出されて部屋の掃除に来ていた。相変わらずすぐに散らかすため、仕事はいくらでもある。

「じゃあ、由利さん。今日はこれで」

「はい、おかげさまで。それであの……この前のぬいぐるみの話ですけど」

ソファーでアイスを食べていた由利は、眉根を寄せた。不機嫌極まりない顔だ。何か言われる前にと、慌てて続ける。

「処分することにしたんです。捨てるか燃やすかしていいですよね？ 呪われたりしませんよね」

「あれからまた触ったりしてないだろうな。新しく何か見たりってのは？」

「弾みで一度触ったきりです」

「だったら今のうちに手放せ。お前の好きにしろ。気になるなら人形供養をしてくれる神社があるだろ。そこへ持ち込めばいい」

人形供養をしてくれるところなら、ぬいぐるみも引き取ってくれるだろう。この際、お金がかかっても仕方がない。気持ちよく終わらせるためだ。

「じゃあ、用があったらまた呼んでください」

それだけ言い残してマンションを出た。スマートフォンで検索して引き取ってくれる神社を探し、持ち込んでもいいか聞いてみる。いい返事を貰(もら)った樹は一度帰り、ガラスケースごとぬいぐるみを紙袋に入れて家を出た。

ごめんなさい、本当にごめんなさい。

ぶら下げた紙袋の中から声が聞こえてくる。耳を塞ぐが、まるでキュンキュン鳴く子犬を捨てに行くようで気持ちが滅入った。

早く手放したほうがいい。このままでは想いに引き摺(ず)られてしまう。そう思うが、向かったのは神社ではなく、持ち主だった人のアパートだ。

「なんで来ちゃったんだろ」

古びたアパートは、今日も蟬時雨(せみしぐれ)の中で黙って立っていた。蟬がうるさく鳴けば鳴くほど、寂れた雰囲気が際だつ。ここで彼女は、ずっと娘を想いながら生きていたのだ。

ごめんなさい、本当にごめんなさい。

心に響いてくるのは、悲しい訴えだ。

直接彼女の娘に会えば、彼女の娘がその気持ちに気づいたら、由利がいなくても浄化できるかもしれない。娘に関しても、恨みを抱き続けたままでいるより、母親がずっと自分を想っていたと知ったほうが救われるだろう。

「娘さんは立派に成長してましたよ」

そう言っても届かないとわかっていた。やはり、ぬいぐるみに宿った想いは娘への謝罪の言葉ばかりを繰り返している。

「由利さんみたいにはいかないか」

予定どおり神社へ行ってお金を払って、ぬいぐるみを引き取ってもらう。それで終わりだ。そうするのが一番だ。諦めて帰ることにする。

空がいきなり暗くなった。湿気を帯びた風が吹き、あっという間に空気中の水分は飽和状態になる。雲の中で獰猛(どうもう)な獣が唸(うな)り声をあげている。

「わっ」

ピカッと、稲光が走るのと同時に大粒の雨が落ちてきた。慌てて雨宿りできる場所を探す。雨は五分ほど激しく降ったあとピタリとやんだが、濡(ぬ)れた紙袋の底が抜けた。

「最悪」

袋をしまい、ガラスケースを両手で抱えて歩きだす。雨はやんでいるが、まだ雲は立ち籠めていて薄暗い。向こうから歩いてくる人の姿に気づいて足をとめた。制服だ。

あ……、と思わず声をあげ、立ちどまる。彼女も足をとめ、樹が抱えたガラスケースを凝視した。時がとまったように動かない二人を蟬時雨が覆っている。

軽トラックが走り抜けていき、我に返った。また彼女がここに来た事実が、樹に期待を持たせる。

「こんにちは。また会いましたね。この辺りに何か用事ですか?」

彼女は答えなかった。だが、無視したのではない。耳に入らなかったのだ。樹の手元から目が離せないでいる。

ぬいぐるみを覚えているのかもしれない。何歳の時に母親の手を離れたのか聞いていないが、彼女の様子から記憶に残っている可能性は高い。

「あの……あなたのお母さんの部屋で遺品整理した時に見つかったものです」

ドキドキしていた。もし、彼女が話に耳を傾けてくれたら、亡くなったお母さんの想いを届けられるかもしれない。

「すごく大事にしてたそうです。ほら、この前の刑事さん、僕の知り合いなんですよ。あなたのお母さんの様子を時々見に来てたそうで。ずっとあなたのことを心配してたって」

「それはこの前聞きました。わたしに関係ないですから」

「でも、またここに来ましたよね。どうしてですか?」

彼女は言葉をつまらせた。そのことからも、お母さんが本当に自分を捨てたのか、本当に自分を忘れたのか知りたがっているとわかる。

ぬいぐるみを見るその目は、真剣だ。

「それ、どうするんですか?」

「――処分するんだよ」

厳しい口調にふり返ると、由利が立っていた。

「ゆ、由利さんっ」

なぜここにいるのだろう。

混乱して何も言葉が出ない樹を尻目に、由利は二人に近づいてくる。

「汚いぬいぐるみだな。さっさと処分しろ」

「由利さん、そんな言いかたないでしょう。生きてた頃に大事にしてたものです」

「だからなんだ？　お前も捨てるつもりだったんだろう？　娘も興味ないようだしな」

当てつけがましい言葉に、彼女は答えなかった。唇を噛んだまま由利を睨んでいる。

「ほら、樹。行くぞ。こんなもんさっさと捨てて、旨いもんでも喰って帰ろう」

「あの……っ」

どうにかしたいが、腕を摑まれて無理やり連れていかれた。抵抗すると、低い声で「言うとおりにしろ」と凄まれる。

「ちょっと待ってください！」

背後から呼びとめられた。ふん、と由利が立ちどまって嗤う。思惑どおりといった態度に、黙って成りゆきを見守ることにした。

「それ、わたしのだから返してください」

「返してください？」

由利は片方の眉をあげた。

「聞き違いだよな。今、返してくださいって言ったか？」

挑発的な態度だ。高校生相手に大人げない。

由利は樹の手からガラスケースを奪って彼女の前に行き、意地悪な顔で見下ろした。立ちはだかる長身の男は迫力があるだろうに、彼女は怯むことなく由利を見あげている。

「もとはわたしのなんだから、あなたが持っていく権利はないでしょう？」

「あるさ。遺品整理を頼まれたんだ。これは俺が責任を持って処分する」

頼まれたのは由利ではなく業者だが、今はそういうことにしたほうがいいようだ。

「捨てるもんだとしてもな、依頼人から遺品整理を頼まれたものを勝手に売ったり貰ったりはできないんだよ、お嬢ちゃん」

「返してください」

挑発に磨きがかかる。

「駄目だ」

「返して！」

「嫌だね」

「返してよ！」

さすがにやりすぎだと思い、由利を制する。しかし、調子づいたのか、ぬいぐるみをガラスケースから出して野球のボールで遊ぶようにポーンと放ってはキャッチしてみせる。ぞんざいな扱いに、彼女はきつい眼差しで目の前を上下するぬいぐるみを睨んでいた。拳がきつく握り締められ、目には涙が浮かんでいた。

「いーやーだーね」

水たまりに落としそうになった瞬間、怒りが爆発する。

「やめてよ！　わたしがお母さんにあげたものなの！　そんなふうに扱わないで！」

ピタリと由利が動きをとめた。顔を真っ赤にする彼女に満足したのか、鼻を軽く突き出して、ふん、と嗤う。

さすがだ。こういう態度は由利に似合っていた。

さらに、サディスティックな視線で「言ってみろ」と催促する。

「わ、わたしが……お母さんにあげたの。わたしの代わりにかわいがってって。だから捨てないで！　処分しないで……っ！」

挑発が効いたらしく、本音とともに彼女の目から大粒の涙が溢れ出した。ほんの今まで気丈に振る舞っていたのに、一度崩れるとダムが決壊するように感情が放出される。

「母親のことが嫌いなんじゃなかったのか？」

「だってお母さんが……っ、お母さんが会いに来ないから……っ」

彼女が俯くと、ボロボロボロッと涙が直接地面に落ちた。

真珠のような涙とよく言うが、彼女の目から零れたのはそれ以上に価値があった。

母親を想う気持ち。求める気持ち。

こんないじらしいものを届けないでいられるだろうか。

「お母さんは……っ、わたしのことなんか」

「それは違います！　二度と会わないって約束させられてただけなんです！」

樹の訴えに彼女が息を呑んだ。縋るような目は、母親を信じたい心の表れだ。

「あなたに貰ったものをガラスケースに入れてまで大事に取っていたんですよ？」

落ちつけ、と自分に言い聞かせ、百目鬼から聞いた話を言葉にした。彼女の知らない事情。そして、母親の彼女に対する愛情だ。想いを浄化する力はなくとも、残された人に真実を伝えることくらいできる。

「ぬいぐるみをあなただと思って大事にしてたんじゃないですか？」

涙がとまった。樹の言葉が届いたのか、目を大きく見開いている。

「娘はあんたを恨んでないってさ」

ボソリとつぶやいた由利は、ぬいぐるみを押しつけるように渡した。受け取った彼女は、それが腕の中にあるのが信じられないという顔をし、ぎゅっと抱き締める。

「お母さん……」

「俺が伝えるまでもないな。十分だろ」

その時、うっすらと女性の姿が浮かんだ。髪を後ろでひとつに束ねた人だ。彼女は娘に近づくと、ぬいぐるみを抱き締めた時のようにいとおしげに両腕に包んだ。

ごめんなさい、本当にごめんなさい。

同じ言葉だったが、これまでとは違う。娘の気持ちに触れた想いは、形を変えて樹の心に響いてくる。ただ捨てたことを謝り続けていた時と違い、自分を慕う娘の気持ちを知らずにいたことへの謝罪だった。

お母さんを待っててくれてたのね。

そんな言葉が聞こえてきそうだ。

「お母さんに捨てられたって、ずっと思ってた。会いにも来ないのは、わたしなんか忘れたからって。でも、大事にしてくれてたんだね」

雲の間から太陽が出てきた。あんなに激しく降ったのが嘘のように、雲はあっという間に風に流される。

蟬が息を吹き返したかのように、また激しく鳴きはじめた。世界が夏に包まれる。

ひとしきり泣いたあと、彼女は涙を拭いた。晴れ晴れとした表情に、勢いづいた太陽の光が降り注いでいる。

「祖父ちゃんと祖母ちゃんを恨むなよ」

「そんな子供じゃありません。二人のおかげで親がいなくても大学に進学もできるし、感謝してます。お母さんとのことは、きっとしょうがなかったんです」

泣いたのが照れ臭いのか、はにかむように彼女は笑った。そして、先ほどとは一変したためらいがちな態度で聞いてくる。

「あの、これわたしが持って帰っていいですよね？　ケースも」

「好きにしろ」

顎を少し突き出し、傲慢な態度で言う姿は王様が褒美をつかわしているようだった。しかも、歴史に残る暴君だ。それが彼女にはおかしかったらしい。破顔したあと、じゃあ、と最後に言って帰っていった。その後ろ姿を二人で見送る。

「最近の子は大人ですね」

「そうか？　ただのクソ生意気なガキだっただろう」

相変わらずの口の悪さに笑った。


不満だったのは、百目鬼だった。

ことの顚末(てんまつ)を知れば喜ぶだろうと思っていたが、意外にも文句を言いはじめる。台所で野菜を洗いながら、ぶつぶつと恨みごとを連ねるのだ。

「俺抜きでかよ。俺の知り合いだったんだぞ。俺抜きで解決したのか?」

「なんでお前にいちいち報告しなきゃならないんだ」

由利は鬱陶しそうな顔でソファーに座っていた。相変わらずアイスばかり食べている。

アイスモナカは樹も好きだが、絨毯にモナカの粉が落ちるのを見て、また掃除機をかけなければと思う辺り、すっかり家政夫業が身についたと言っていいのかもしれない。

「あのなぁ。俺だってずっと気にかけてたんだぞ。それなのに、生前は一切つき合いのないお前らがあっさり解決しやがって」

「あの場でお前を呼び出せばよかったのか?」

「そんなことは言ってねぇだろうが。ただ……」

「ただ、なんだよ?」

「俺も救われる瞬間に立ち会いたかっただけだよ」

「結局無理なこと言ってるだけだろ。デカい図体してウジウジウジウジ暑苦しい」

本人もわかっているらしく、くぐもった呻き声をあげたあと観念したようにため息をついた。そして、ボソリとつぶやく。

「俺ぁ、自分の無力さを思い知らされるよ」

「そうだよお前は無力なんだよ。だから今後は余計なお節介なんてやめるんだな。うちにも来るな」

「お前が悪さしねぇように来てやってんだろうが。しかもお食事つきだぞ」

「何が『お食事つき』だ。自分が旨いもん喰いたいだけだろ」

「お、旨いもんってのは認めるんだな」

「黙れなまはげ。死ね。そのキャベツに頭ぶつけて死ね」

「お前な、ほんとに口悪(わり)ぃな。悪態で人殺せるんじゃねぇか?」

「ぴんぴんしてるお前に言われたくない」

樹は百目鬼に悪態をつく由利をぼんやりと見ていた。

結局、助けてくれた。しかも今回は何も請求してこない。

あの場所に偶然由利が来たなんてことはあり得ない。わざわざ樹のあとをつけてきたのだろう。そして、手を貸してくれた。冷たい人間を演じているだけで、きっと本当は違う。

それは財布の中に入っていた写真からも想像がついた。

少年時代の由利。その横にいたもう一人の少年。屈託のない笑顔はキラキラしていた。

大事にされた想い出の存在は、まだ知らぬ由利の本質を想像させる。

「どうした、樹」

百目鬼に声をかけられて我に返った。

「あ、なんでもありません」

ソースの香ばしい匂いがしてきた。焼きそばだ。いいや違う。卵を溶いている。

「あっ、オムソバですか」

「そうだ、オムソバだ」

「オムソバ大好きです。しかももやしいっぱい入ってる！」

「もやし旨いよなぁ。安くて栄養もあって、最高だぞ」

「野郎が二人できゃっきゃはしゃぐな、鬱陶しい」

また冷たい言葉が放たれる。

「百目鬼さん、僕たち完全に負けてます」

「わかってるよ」

百目鬼は触れるなと言った。あいつの過去に触れると激怒するぞ、とも。

だが、激怒されても触れたい。由利がどんなふうに生きてきたのか、知りたくなった。

それはただの好奇心ではない。

第四章　鈴虫が鳴く頃に

夏休みも終盤に入った。残暑は厳しく、いつまで経ってもジリジリと照りつける日差しが降り注いでいる。

その日、樹は泥まみれになっていた。今日は大雨で水害のあった地域で朝からボランティア活動に参加している。サークルの呼びかけで集まったメンバーは十三人。実家に帰省している人も多いと考えると、出席率はいい。

「いい？　いっせーのせ！」

「よっと！　お、結構重い」

「後ろ気をつけて。そこ段差あるからね」

床上浸水した民家の掃除は、力仕事がほとんどだった。

水に浸かった家具を外に出し、流れ込んだ泥を掻き出して水で流していく。高齢夫婦の家は和室も多く、水を吸った畳の重いことといったら。これを老夫婦でやれというのは無理だろう。

泥に浸かった写真をホースの水で洗っていると、腰の曲がった家人が近づいてきた。

「本当にありがとうございます。わたしらのような年寄りのために若いかたがわざわざ時間を作ってくださって」

「いえ、当然です。体力ありますから」

自身も何かしようとするが、休憩するよう日陰に促す。

「あ、写真洗っておきました。匂いも取れたと思うんで、あとは乾かすだけです」

「ああ、この写真」

懐かしそうに目を細めているのは、それが家族写真だからだろう。薄い一枚の印画紙に焼きつけられているのは瞬間にすぎないが、想い出はどこまでも広がる。だから皆写真を撮りたがるのだ。

その一瞬が含む無限大の想い出を、大事にしている。

嬉しそうな顔を見ていると、由利の財布にしまわれた写真を思いだした。

仲のよさそうな二人。兄弟か友達か。口の悪い由利しか知らない樹には、少年の弾けるような笑顔は眩しかった。

子供を捨てた母親が許されていいはずがない。

ふいに由利の言葉が蘇り、彼の過去に想像を巡らせる。写真に両親の姿がないことに、何か大きな意味があるのだろうか。

「樹、どうかしたか？」

「ああ、ごめん。なんでもない」

市谷に声をかけられて我に返った。サークルでの参加だが、自治体の指示どおりに割り振りされたため、樹と作業をしているのは一緒に列に並んだ彼だけだ。

「よし、あともう少しでここ全部片づくぞ。樹、お前まだいける？」

「うん。このまま勢いで終わらせよう。休憩入れるとダレそうだし」

もう一度気合いを入れて作業を始める。

その日は午後四時で作業は終了した。自治体がテントを張っている本部に戻り、作業終了の報告とチェックを行う。そこで解散となった。

ボランティア活動はこれで終わりだが、サークルの仲間たちとはこのあと飲み会だ。市谷とともに樹の祖父母の家に戻り、交替でシャワーを浴びて飲み会までの時間をエアコンの効いた樹の部屋で寝て過ごす。

労働のあとだからか、七時からの飲み会はいつも以上に盛りあがった。酔いが回るのも早く、二次会に誘われたが遠慮する。アルコールが駄目な市谷も一次会だけで帰るというので、バイクで送ってもらうことにした。

骨董品(こっとうひん)店の前で降ろしてもらった時には、午前零時を回っている。

「今日はお疲れ〜。送ってくれてありがと」

「いいよ。バイク乗るの好きだし。そういやさ、蔵の片づけ終わったのか?」

「いや、全然。絶対終わらない」

「片づけでひと夏終わるのかぁ。大変だな」

「まぁそうだけど、結構高値で売れるものとかあって、そのお金も貰(もら)っていいって」

「へぇ、よかったじゃん」

「うん。親もここまで大変だと思ってなかったらしくてさ」

お金が入ったら送ってもらったお礼に奢ると言うと、市谷は学食の親子丼セットがいいと言う。欲のない友人だ。

「じゃあデザートもつけるよ。プリンパフェ好きだっただろ？」

「お、いいねぇ。だけどさぁ、男同士でばっかりだなんて俺たち色気ないなー」

「今度誰か誘って遊びに行く？　僕から言ってみようか？　田中さんとか」

彼女の名前を口にした途端、市谷の顔が変わった。

市谷は今日の飲み会でも、彼女の保護猫活動を手伝った話をしていた。多分そうなんだろうと思っていたが、予想以上に顕著な反応をしてくれる。酒を飲んでいないのに、頬が上気しているのだ。恋愛話に疎い樹でもわかる。

「な、なんだよそれー」

「田中さん人気あるから、ぼやぼやしてると誰かが先に告白するよ」

「樹が気づくほどバレバレだったなんてショック」

「僕が今から電話してあげよう」

ふざけて電話するふりをすると、市谷は思いのほか慌てた。

「わー、やめろって。誘う時は自分でするって！」

「じゃあ次は誘えよ。夏ももう終わるんだからさ。後悔しないようにな」

恥ずかしそうにする友人を見てカラカラと笑う。市谷はいい奴だから、上手くいって欲しい。

「そうだな。もう夏も終わるもんな」

「うん。早いよなー。大学入って初めての夏休みだよ」

じゃあ、と最後に手を振り、バイクで走り去る市谷を見送る。

なんとなく気分がいい。ボランティアをして、酒を飲んで、友達に好きな人がいて告白しようとしている。

たったそれだけなのに、心が浮き立つ。

店から家に入ると、ジリリリリッ、ジリリリリッ、と店の黒電話が鳴った。

年代物のそれが鳴るのを聞くのは久しぶりだ。祖父母が元気だった頃から店にあるそれは、骨董品店の一員として客と店を繋ぐ役目をしていた。

懐かしく思いながら電話に手を伸ばす。

「もしもし。白羽骨董品店です」

誰の声もしなかった。耳を澄ますと、受話器の向こうから鈴虫の音が聞こえてくる。

リィィ……、リィィィ……。

「もしもし？　白羽骨董品店ですが、どちら様でしょうか」

何度聞いても誰も答えず、しばらくするとプツリと切れた。

「イタズラ電話にしては風流だな」

鈴虫の音は、夏の終わりを連想させる。ただただ暑かった日々が少し様子を変え、そのうち秋の気配が漂ってきて、あっという間にその色に染められる。

ひぐらしほど切なくない。けれども、確かに存在していた猛威を振るうような暑さが永遠に続くわけがないと思わされるそれは、寂しさを運んでくるのだ。

夏が終わる。

市谷とも話したことをしみじみと感じ、カチャリと受話器を置いた。店内は静かだ。誰の声も聞こえない。

酔いが回ってきて、二階にあがるとそのまま寝てしまった。


翌日。樹は主不在の部屋で百目鬼（どうめき）と夕飯の準備をしていた。

味噌汁（みそしる）を作り、ご飯を炊き、肉じゃがの材料を切る。料理なんてほとんどしたことがないが、ピーラーのおかげでじゃがいもの皮をなんなく剝けた。

「お前さんたちはいいなぁ。青春を満喫しろ」

「百目鬼さんだってあったんでしょう？　青春」

「なんだその含んだ言いかたは。俺にだってあったさ。あったよ」

この無精髭(ぶしょうひげ)の男にそんな季節があったなんて、あまり想像できない。市谷のように好きな人に告白しようか迷う初心(うぶ)な百目鬼は、存在したのだろうか。

「だけど勝手に由利さんちの台所使って大丈夫ですか」

「旨い飯さえ喰(く)わせてやりゃいいんだよ。大体、あいつは放っておくと本当に喰わないからな。アイスで命繋げると思ってやがる」

「百目鬼さんってお母さんみたいですよね」

野菜をとれ。タンパク質も大事だ。甘いものばかり食べるな。まんべんなくバランスの取れた食事を心がけろ。樹も母親からよく言われる。

「由利さんが百目鬼さんを結局受け入れるのって、そこなんじゃないですかね」

「どういう意味だ？」

少し迷い、由利が口にした言葉をそのまま伝える。

子供を捨てた母親に対する厳しい態度の裏には、由利の過去が存在しているとしか思えないのだ。もし、由利も同じように捨てられたのなら、母親のように振る舞う百目鬼のお節介を許すのもわかる気がする。

「あの時、感情的だった気がするんです。自分と重ねたんじゃないかって」

由利にとって母親がどんな存在だったのか、知りたかった。百目鬼なら知っているかもしれない。

教えてください、と目で訴えると、ネギを刻む手をとめる。

「踏み込む覚悟はあるのか」

怖い顔で聞かれて、ドキリとした。

覚悟の話になると、そう簡単に返事をしてはいけない気がした。軽い気持ちで触れてはいけないと。

けれども、これまで何度も考えた。考えてこの答えを出したのだ。

三度も世話になっているのだから力になりたい。腹を括って踏み込むと決めれば、彼の力になれるかもしれない。

「中途半端な気持ちとか、ただの好奇心とかで聞きたいわけじゃないんです。僕、由利さんがどんなものを背負ってても、ちゃんと向き合うつもりですから」

そうか、と百目鬼の目が一瞬優しくなったように見えた。

「実はな……」

「はい」

「俺もまったく知らん」

一瞬、脳が理解を拒絶した。予想とはあまりにもかけ離れた言葉だったからか、思考が停止する。まさかの返事に唖然(あぜん)とした。

「あっ、えっ？　しっ、知らないんですか？」

「ああ」

「知らないのに、踏み込む覚悟は、なんて言ったんですか！」

「そうだ」

「そ、そんななまはげみたいな怖い顔して脅しておきながら、何も知らないんですか！」

思わずつめ寄った。

さきほどの百目鬼は、何か知っている口ぶりだった。てっきり教えてくれるものだと思っていた。それが蓋を開ければまったく知らないなんて、文句のひとつも言いたくなる。

「もう！　百目鬼さん！　なんなんですか！」

「かわいい顔してそう怒るなよ。俺だってあいつのことは気にしちゃいるんだ」

「でもなんか知ってそうな顔で言うから、てっきり……」

「勝手に誤解しといて俺を責めるなよ。あいつが自分のことをそう簡単に漏らすわけねぇだろうが」

飄々（ひょうひょう）とした態度に、脱力する。

「まぁそうですけど、期待して損しました」

百目鬼を責めても仕方がない。確かに、勝手に誤解して期待したのは樹だ。

「そんなに由利が心配か？」

「それは百目鬼さんのほうでしょ」

でなければ、こうも頻繁にマンションに来て食事を作ったりはしない。

「逮捕しちまったしなぁ」

「でも、それは仕方ないことですよね。ものに宿った想いを拾える力があるなんて、そう簡単に信じられなくて当然ですから」

「それでも罪のないあいつに手錠をかけちまった。ああやってあいつはずっと誤解されて軽蔑されて排除されて……って考えるとなぁ。せめてもの償いに力になりてぇんだが」

「本人が踏み込まれることを拒んでますもんね」

はぁぁ、と百目鬼が深いため息を漏らした。欠伸（あくび）は伝染すると言うが、ため息もだ。樹も無意識に深い憂鬱を吐き出す。

結局、二人とも由利の張ったバリアの外だと思い知らされただけだ。本音に近づかせてはくれない。由利の力になりたいのに、ならせてくれない。触れさせてくれない。

食事の準備ができると、器によそってテーブルに運んだ。

「どうしてあんなに人を寄せつけないんでしょう。やっぱり由利さんの持つ力と関係あるんですかね」

「どうだろうなぁ」

「いつからあの力を持ってるか知ってますか？」

「知らねぇなぁ」

「百目鬼さんから聞けないですか」

「無理だな。ったく、自分が情けねぇよ」

「そうですね。これだけ力になってもらってるのに、僕も情けないです」

慰め合うように、しんみりと二人食卓を囲む。思えば百目鬼と二人で食事をするのは、初めてだ。いつも二人の間には由利がいた。

同じ女にフラれた男同士で仲良くしているようで、不甲斐(ふがい)なさが募る。

その時、玄関の扉が開いて由利が帰ってきた。疲れた足取りに顔をあげると、疲弊した様子の由利が部屋の入り口に立っている。

「なぁ〜に他人んちで飯喰ってんだ？」

テーブルを見てうんざりした口調で言った由利は、ソファーに倒れ込んだ。疲れた姿を見ていると、何かしてやりたくなる。

「今日はどんな依頼だったんですか？」

「お前に関係ないだろ」

「まぁ、そうですけど」

「せっかく樹が心配してやってんのに、その言いかたはねぇだろう。飯喰うか？」

百目鬼が立ちあがって肉じゃがをよそう。食事をする気力もないのか、「あとで」と短く言って目を閉じる。

由利のスマートフォンが鳴った。けれども画面を見ただけですぐにしまう。

「出なくていいんですか」

「非通知だ。どうせろくな電話じゃない。最近多いんだよ鬱陶しい」

「あ、そういえばうちもイタズラ電話かかってきてます」

鈴虫の音だけの無言電話は、このところ毎日かかってきていた。さすがにこう何日も続くと、風流でも迷惑だ。その話をすると、呆れた顔をされた。

「お前は相変わらずアホだな」

「アホって……何がアホなんですか」

「アホだからアホっつったんだよ」

「由利さんは相変わらず口が悪いですね！」

あんなに力になりたいと思っていたのに、この口の悪さにさらされるとつい反抗的な態度に出てしまう。

「言ったれ言ったれ。こいつは口の悪さでオリンピック行けるぞ」

百目鬼が樹の援護射撃をするが、由利には屁でもないらしい。二対一どころか全世界を敵に回しても平気な顔をしているだろう。

「樹。お前、鈴虫の音が電話で聞こえると本気で思ってるのか？」

「どういう意味ですか」

わけがわからず聞き返すと、あからさまなため息を漏らされる。

「電話は鈴虫の音を拾えないんだよ」

「え、拾えないって？」

「あー、そういや聞いたことあるな」

百目鬼が二杯目のご飯を掻き込み、三杯目をよそいに立ちあがる。

由利曰く、電話が拾える音は三〇〇ヘルツから三四〇〇ヘルツ。鈴虫はというと、三五〇〇ヘルツから四五〇〇ヘルツの音域だ。つまり、聞こえるはずがないのだ。

樹が聞いた音は、この世に存在しないものなのかもしれない。

「し、知りませんでした」

ぞぞぞぞ、と悪寒が走った。風流とすら思っていたがとんでもない。あの世からのメッセージのようにも思えてきて、怖くなった。

「ど、百目鬼さん。今夜うちに泊まりに来ませんか？」

「悪いな。これから俺ぁ仕事だ」

「ううっ」

由利をチラリと見たが、樹を一瞥すらしない。「俺に頼るなよ」と言われているのは確実で、それ以上何も言えなかった。

骨董品店に戻ってきた樹は、店には入らず直接家のほうに回った。

百目鬼の肉じゃがは最高のデキで、普段はそんなに食べない樹ですらご飯をお替わりした。味噌汁にはかぼちゃが入っていて、甘みのあるそれは口に入れた途端、溶けるようになくなってしまう。まさに絶品だ。

「だけど僕が貰ってよかったのかな」

あまった肉じゃがを持って帰るよう言われた樹は、密閉容器に入れてもらったそれを冷蔵庫にしまった。由利のぶんも残してきたが、この味なら数日肉じゃがでもいい。

「明日の朝ご飯楽しみ」

ふふ、と笑うと、店のほうから黒電話が鳴っているのに気づいた。

無視無視。

自分にそう言い聞かせ、風呂に入る。しかし、汗を流して出てくるとまた聞こえてくるではないか。ジリリリリッ、ジリリリリッ、と微かに呼ぶそれは、心なしか音量を増している気がする。

「本当に鈴虫の音って電話じゃ聞こえないのかな。担がれてたりして」

スマートフォンで検索をかけるが、由利の言うことは本当だったとわかっただけだ。あははー、とわざと声をあげて笑うが、誰もいない空間が広がる古びた家でやると虚しさが増した。

灯りのついていない廊下や和室が、寂しげな空気を漂わせている。

「あ、とまった」

シン、と静けさが重く伸しかかってきた。自分の鼓動がはっきりと聞こえる。息遣いもだ。耳の後ろにある血管を血が流れる音までもがわかり、息をすることさえ緊張した。

暗がりの向こうに、店に面した和室がある。その扉から目を離せない。音がしなくなると逆に気になってしまい、樹は誘われるようにそちらに足を踏み出していた。

ミシ。

板張りの廊下が、微かに声をあげる。こっちにおいで。

そっと襖(ふすま)を開けて和室を覗(のぞ)いた。模様の入ったガラス戸の向こうは真っ暗だ。誘われるように中に入る。

スッとガラス戸を引いた。パチン。店の灯りをつけても、どことなく暗い。眠りについた骨董品たちは、樹が来るのをじっと待っているようだった。こっちにおいで。

今は滅多に見かけなくなった黒電話が、机の上に置いてある。畳部屋から店に降り、突つかけを履いて黒電話へ近づいていった。

ジリリリリッ、ジリリリリッ。

静寂を引き裂く音にビクッとする。ホラー映画でよくある演出だ。速い鼓動が恐怖心を煽(あお)る。

やはり、呼ばれている気がした。こっちにおいで。受話器を取って。話を聞いて。電話に触ってはいけないと思うが、吸い寄せられるようにそちらに向かった。ドキドキしながら電話に手を伸ばす。早く。早く出て。早く。

息を吞(の)んだ。受話器を摑(つか)み、そろそろと耳に当てる。

「もしもし」

リィイイイイ、リィイイイイ……。

やはり電話の相手は何も言わなかった。鈴虫の音だけだ。そして、その時気づいた。電話線が繋がっていないことに。鳴るはずがないのだ。それを目の当たりにして、恐怖が増幅する。

「ひぃぃぃぃ」

慌てて二階まで逃げた。布団に潜り込んで丸くなる。

無視すると決めていたはずなのに、なぜ店に入ったのだろう。誘われるように、引き寄せられるように受話器を取ってしまった。

「どうしてだよぉ〜」

これまでは想いが宿ったものに触れると、ある程度のことがわかった。だから対処できたとも言える。しかし、今回は何度も触っているのに何も見えてこない。鈴虫の音だけだ。これではどうしようもない。

やはり、由利のようにはいかないのだ。たまたま見えただけで、いつもとは限らない。あの電話に宿る想いが何を求めているかなんてわかりっこない。

スマートフォンに手を伸ばし、百目鬼に電話をかけた。仕事中とわかっていたが、他にこんな話ができる相手はいない。

「百目鬼さ〜〜ん、泊まりに来てくださいよ〜」

事情を話すと、仕事が終わったら立ち寄ると約束してくれた。

百目鬼が骨董品店まで来てくれたのは、翌々日の朝だった。

コンビニエンスストアで買ってきた鯖缶（さばかん）とカップラーメンとおにぎりを四つペロリと食べた百目鬼は、客間に敷いた布団で大きないびきを掻いて十時間の睡眠を取った。男のいびきがこれほどありがたいと思ったのは、生まれて初めてだ。

誰かがいてくれるだけで安心し、倉庫の片づけも進んだ。ふたつ目の蔵もほぼ片づけを終え、アンティーク家具の専門店に電話をして引き取りに来てもらう。売れないものは、廃品回収の業者に来てもらった。

結局、その日は黒電話は一度も鳴らず、百目鬼はそのまま仕事に向かった。けれども彼がいない隙を突くように、黒電話は樹を呼ぶ。さらに五日が過ぎても状況は変わらない。

「電話、今日も鳴らねぇなぁ」

「鳴らないですね」

「本当に鳴ったのか?」

「昨日鳴りました」

「俺がいる時には鳴らねぇなぁ」

「そうなんですよ」

由利の気持ちがわかった。信じてもらえない経験をするのが、どんなことなのか。

本当なのに証明のしようがない。信じるかは相手次第で、人によっては嘘(うそ)つき呼ばわりするだろう。百目鬼は疑ってはいないが、心ない人間と関われればきっと傷つけられる。

「由利さんがあんな性格になるの、わかる気がします」

「持っちまったもんの宿命ってやつかねぇ」

百目鬼もわかっているようだ。だからこそ、疑ったことのある自分を反省しているのだろう。

「そうだ。由利の過去について知りたいっつってたよな」

「はい」

「ちょっと調べてみたんだ。あいつに無断で探るのはよくないと思ってたが、樹を見てると少し強引でも関わったほうがいいんじゃねぇかって気になってな」

まさか百目鬼が動いてくれているとは思わなかった。ちゃぶ台にあぐらを掻いて買ってきたおでんとチャーハンを食べながら、百目鬼は尻のポケットから折り畳んだ紙の束を出した。

「多分、これだ」

それは七年前に起きた水難事故の新聞記事だった。夏休みに子供が一人で川遊びに行き、鉄砲水で連れていかれた。死体が発見されたのは、行方不明になった一週間後だ。

亡くなったのは、由利斗真。めずらしい名前からも、由利と無関係とは思えない。

「じゃあ、あの写真はやっぱり」

「実の弟だろうな」

亡くなった弟の写真だと思うと、あんなふうに大事に写真を持ち歩く気持ちが想像できた。今も弟の死を乗り越えられていないのかもしれない。

「事故当時、あいつは十九だ。一緒には暮らしてなかったみてぇだな。母親と弟の二人暮らしだったのはわかってる。母子家庭だったんだろう」

「そうですか」

「実家はわかるぞ」

「えっ、わかるんですか！」

「お袋さんがまだ住んでるならな」

事故が起きたのは今から七年前だ。引っ越ししている可能性もある。

「とりあえず行くか」

「はい」

百目鬼の非番の日に合わせて、訪ねてみることにした。

由利の母親と会うとなると、緊張してあまり眠れなかった。百目鬼が泊まってくれたおかげで黒電話は鳴らなかったが、一睡もせず朝を迎える。朝早い時間に出かけ、駅でコーヒーとサンドイッチで腹を満たす。

電車で一時間。そこからバスで三十分。

由利が生まれ育っただろうその町は、都心から離れた自然の多い場所だった。田畑があり、小さな工場も点在している。

住所を頼りに探すと、古い公営住宅に辿り着いた。昭和の高度成長期に建てられただろう建物の壁は黒ずみ、ところどころヒビが入っている。防犯用に取りつけられた窓の鉄格子は新しいものと取り替えられているが、真新しいそれはむしろこの団地が寂れているように見せた。外国人の親子が手を繋いで歩いている。

「ここですね」

「ああ。本当に行くのか？」

「大丈夫です。由利さんの過去に踏み込む覚悟はしたので」

もう引き返せない。本人に無断で実家を訪れたなんて言ったら、由利は激怒するかもしれない。それでもこのまま何もしないよりいい。

チャイムを鳴らした。返事はなく、ドアに耳を近づけて中の様子を窺(うかが)う。チャイム。もう一度。

「あ、物音がしました！」

「おーい、いるか？」

百目鬼がドアをノックすると、今度は先ほどよりもはっきりと中で物音がした。寝ていたのかもしれない。

確実に人が玄関に向かってくる気配に、無意識に背筋を伸ばした。由利の母親に会うのだ。喉も渇いてくる。ドアが開いた。

「誰ぇ？」

やはり寝ていたのだろう。眩しそうに顔をしかめ、長い髪を掻きあげながら女性がドアを開けた。明るい茶髪は背中までの長さで、かなり痛んでいる。

「あ、あの……っ」

百目鬼は動じていないが、樹は目のやり場に困った。白い肌を惜しみなく見せつけるような、肩紐の細い赤いキャミソール。ブラジャーをしていないらしく、乳首が透けて見えた。見てはいけないと意識するほど、視線を引き寄せられる。

「なぁに？」

「寝ているところに悪いな。由利千景の友人だ」

「千景の？」

由利の名前を聞いた彼女は、一気に目が覚めたという顔をした。

「入って」

ドアが大きく開け放たれる。

こうも簡単に開けてくれると思っていなかった樹は、心の準備をしたはずなのに展開の早さについていけずに戸惑うばかりだ。

中に入ると、部屋の散らかりように驚いた。シンクには食器がたまっていて、ビールの空き缶が積みあげられている。洋服はあちこちにかけてあり、下着まであった。

「その辺のものどけて座って」

どけてと言われても、触っていいかわからない。戸惑っていると、カラーボックスの上に骨壺があるのに気づいた。写真も飾っている。由利が持っていた写真の子だ。水の入ったグラスも置かれている。

「悪いが、なんか羽織ってくんねぇか？　この純情な大学生が目のやり場に困ってる」

「ああ、ごめん。あたしは別に見られてもいいんだけど、若い子はこんなおばさんの裸見たくないもんね」

おばさんというには、妖艶だった。

親子だけに由利とどこか似ている。美人だ。けだるそうな態度も、彼女にはとても似合っていた。自堕落が似合う美人なんて初めて見る。

「で？　千景がなんかしたの？　また詐欺で捕まったぁ？」

彼女はタバコを咥えた。ライターが見つからないらしく、部屋を漁っている。百目鬼がジッポの火を差し出すと、慣れた様子で火をつけた。

「あの、僕は由利さんにお世話になってて、それで……」

「ふぅ〜ん」

顔をじっと見られ、頬が熱くなる。こんなふうに愉しげにジロジロ見られることには慣れていない。そんな反応が、余計彼女を喜ばせたらしい。

「千景にあんたみたいな真面目そうな友達ができるなんてね〜。そっちのお兄さんはちょっと癖がありそうだけど」

百目鬼を「お兄さん」と言うのも驚きだ。人生の経験値が圧倒的に違うとわかる。

「由利さんが大事にしてる写真について聞きたいんですけど。あの、その写真の男の子と二人で撮った写真なんです」

「ああ、これ？　弟よ。千景の弟。あいつ、水難事故があってからうちに全然寄りつかなくなったもんね」

彼女の話によると、由利が独り立ちすると言って家を出たのは十七歳の時だ。

「あいつ、変な力があるでしょ？」

樹は驚いた。由利の力を知っているとは。

「あの……由利さんの特別な力をご存じなんですか？」

「へぇ。あんた、信じてくれてるんだ？」

彼女が言うには、由利が持つ力は彼女の先祖が代々受け継いできたものだという。しかし、時折能力が現れない者も出る。彼女もその一人だ。

「おかげで肩身が狭くってね。うちの家系はあって当然の力だから」

ハッと鼻で嗤う態度から、劣等感を味わってきたとわかった。樹にしてみればあるほうが不思議だが、彼女の一族の常識では逆なのだ。

「あたしは鼻つまみ者って感じ？　特にクソ親父には蔑まれてたわ」

彼女の話によると、疎外感のあまり遊び歩くようになり、十八の時に由利を身籠もった。

当然のように勘当されたのだが、由利の父親は彼女の実家の金目当てだったらしく、ろくに働きもしなかった。

「あたしの母親がこっそり援助してくれてるうちはよかったんだけどね。他界してからはそれもなくなって即離婚よ。子供二人抱えてさ、心の支えが欲しくなるわけよ。いろんなオトコを連れてくるから、あいつは愛想尽かして出てったの。暴力振るう奴もいたし」

「そんな……」

「斗真とは時々会ってたみたいね。迎えに来るって約束してたみたいよ。小さい頃からよく面倒見てたし、あいつが半分親みたいなもんだったわ」

彼女は片膝を立て、けだるそうにタバコを口に運んだ。

「ねぇ、あんた大学生って言ってたけどいくつ？」

タバコをビールの空き缶にねじ込みながら、彼女はなぜか懐かしそうに樹を見る。

「十九です」

「じゃあ、斗真と一緒だ。生きてたらね」

ドキリとした。

由利が大事に想っていた弟と同い年。

だから、彼はいつも手を貸してくれるのか。文句を言いながらも、樹の力になってくれるのか。冷たい態度の裏には、いつもわかりにくい優しさが隠れていた。

「斗真が死ぬ前、お兄ちゃんに海に連れていってもらうって言ってたのよ」

「海、ですか」

「そう。千景がちゃんと約束を守ってくれてたら、川になんて行かなかったのに」

笑っているが寂しそうに見えたのは、気のせいではないだろう。

搔きあげられた彼女の髪が、パサリと落ちた。


公営住宅をあとにした二人は、肩を並べてしんみりと歩いていた。バス停に着いて時刻表を見ると、駅に向かうバスはあと三十分は来ない。ベンチに座って待つことにする。

「由利さんはお金を貯めて弟さんを迎えに行くって言ってたんですね」

「だから荒稼ぎしてたんだろうな。悪い大人と組んでた時もあったしな」

由利と弟は母親がつき合っている相手からたびたび暴力を受けていたというのだから、一刻も早く弟を連れ出そうとしていたのだろう。なかなか実現できない中、由利は夏休みに海に連れていくと弟に約束した。けれどもそれは果たされないまま新学期を迎える。そして、斗真は一人で川遊びに出かけた。

「由利さんが連れていってくれるのを待ちきれなかったんでしょうね」

「あいつのせいだっていうのか？」

「そんなことは言ってません。でも、あの口ぶりからするとお母さんは……」

樹は帰り際に独り言のように漏らされた言葉を思いだしていた。

『千景がちゃんと約束を守ってくれてたら、川になんて行かなかったのに』

息子を恨みたくはないだろう。けれども、そう考えずにはいられないといった態度だった。彼女は彼女なりに息子たちを愛していたのかもしれない。

「由利さんが子供を捨てた母親に厳しかったのは、弟さんを迎えに行けなかったからでしょうか」

悪い家庭環境の中で兄を待っていた弟。果たされなかった約束は罪の意識となった。

あの時、由利は子供を捨てた母親ではなく自分に対して怒っていたのだ。自分が許せなかった。おそらく、今も自分を責めている。

「結局、僕たちは何もできないんですよね」

「わかってたことだけどな。お前さんがあんまりあいつを心配するから」

「百目鬼さんだって」

吸っていいか、と聞かれて小さく頷く。二人だけのバス停に紫煙がゆっくりと漂った。

「弟さんが亡くなったのは、由利さんのせいじゃないのに」

「あいつにそう言ってやれたらいいんだがな」

悪い大人と手を組んで荒稼ぎしていたのが、ひとえに少しでも早く弟を迎えに行くためだったと想像すると切なかった。

弟を荒れた生活から救い出すために。自分が引き取って一緒に暮らすために。

それなのに、由利の大事な弟は死んだ。

親の庇護のもと育ってきた樹は、彼らがどんな思いで生きてきたのか想像もつかない。

「俺ぁますますあいつに手錠をかけたことを後悔してるよ」

落ち込んだ百目鬼の声を聞いていると、とことん気が滅入る。

時間きっちりにバスが来ると、無言で乗った。その足で仕事に向かう百目鬼と別れ、祖父母の家に戻る。樹の帰りを待っていたかのように黒電話が鳴った。

やはり一人の時を狙ってくるのか。

受話器を取る。もしもし。

これまでどおり、鈴虫の音が聞こえるだけだ。

「何を訴えたいんですか?」

思わず話しかけていた。自分の声など届かないとわかっていても、そうせずにはいられない。由利のことと自分につきまとう想いのことで頭が混乱している。どうすればいいのかわからない。

「もう、やめてくれよ!　今はそれどころじゃないんだっ!」

由利の生い立ちを知った樹は、彼を頼るつもりはなかった。

これ以上背負わせてはいけない。負担をかけるのはよくない。自分で解決するしかないのだ。黒電話は明日処分しようと思った。燃えないゴミの日は来週だが、処分場に直接持ち込むことだってできる。

ジリリリッ、ジリリリリリッ。

そんな樹の考えに抗議するかのように、黒電話が激しく鳴った。いつまでも鳴りやまない。両手で耳を塞いで耐えていたが、ピタリとやんだ。ただとまったのではない。誰かが電話に出たのだ。

「由利さん！」

まさか、来てくれるとは。

信じられない思いで見ていると、「またか」とばかりに一度呆れた視線を樹に送ってから受話器を耳に当てる。

百目鬼とともに聞いた話を思いだし、音に集中するその横顔をじっと見ていた。弟を大事にする由利を知ったからか、いつもの態度もどこか違って感じる。

やはり、由利は冷たい人間を装っているだけだ。こんなふうに助けに来てくれる。弟が生きていれば、樹と同い年だからなのかもしれない。きっと、重ねている。

弟を想う気持ちに、目頭が熱くなった。

受話器を置いた由利は、樹を見てわざとらしくうんざりと顔をしかめる。

「泣きべそかくくらいなら関わるな。どうして無視できないんだ、お前は」

慌てて涙を拭いた。由利が過去にどんな思いをしたのか想像して泣いたなんて言えない。

「お前、何度も電話に触ったんだろ？」

「はい。でも何も見えてきませんでした」

「そりゃそうだろうな」

軽く嗤い、由利はこう続けた。

「想いが宿っているのは電話じゃない」

「え、でも……それ、電話線に繋がってないです。鳴るはずがないんです。だから、やっぱり電話に宿ってるとしか」

「宿ってるのは鈴虫にだよ」

「鈴虫？」

「お前の力に引き寄せられて、ここに繋がった。多分な」

多分、とつけ加えつつも、確信的な言いかただった。あまり嬉しいことではない。

「それって『縁』の話ですか？」

ぬいぐるみの時、樹を頼ってきた可能性を由利は指摘した。今回もそれと同じなのだろうか。由利が自分から仕事を取りに行かずとも依頼人が途切れないのと同じで、縁が繋がりはじめているのだとしたら、これからどうなるのだろう。

「お前、力が強くなってるぞ」

「そんな……。でも由利さんみたいに、自分で解決できるほどの力はないです」

「力の出方は人それぞれだ。頼られやすい性格なんだろ」

「どうしよう。自分で解決できないのに、引き寄せるなんて……っ」

なかばパニック状態で訴えると、由利はぴしゃりと言い放った。

「うるさい、騒ぐな。鈴虫寺（すずむしでら）に行くぞ」

「え？　あ？　あの……っ」

冷めた目で見下ろされる。

面倒臭い質問はするなと言わんばかりの目だった。


翌日、さっそく鈴虫寺に向かうことになった。

京都（きょうと）だ。いきなり京都に行くと言われて戸惑うが、せっかく由利が立ちあがってくれるのだ。このチャンスを逃せば解決の糸口は見つからないと腹を括る。

新幹線チケットは安くはなかったが、蔵に収められていたものを売ってかなりの金額になった。荷物は半分ほど残っていると思い、贅沢に指定席を取る。駅弁も買った。

「鈴虫に想いが宿るってどういうことですか？」

まだ理解できていなかった。その寿命を考えると、あの現象はそう長くは続かないだろう。そう思うが、樹の考えを見抜いたように由利が言う。

「一匹の鈴虫じゃない。世代交代する鈴虫に次々と想いが乗り移ってるんだよ。後ろで大量の鈴虫も鳴いてたしな。そんな場所、鈴虫寺しかないだろ」

樹には一匹の鈴虫の声が聞こえただけだったが、由利は詳細まで見えていた。

本人曰く、景色が広がるのだそうだ。目の前というより、頭の中に。自分を見つけてくれと訴えるかのようなそれは、想像したくなくても思い浮かぶ。そして、手がかりをくれる。そんなことまでできるのだ、由利は。

「すごい」

「どこがだ。触らなきゃどうして想いが宿ることになったのか、わからないんだぞ。解決のしようがない。お前、鈴虫寺にいる大量の鈴虫の中からその一匹を見つけられるのか」

容易でないことはわかっていた。だが、由利が腰をあげてくれたのだ。弱気な態度を取るべきじゃないと思い、力強く言う。

「な、なんとしても見つけます」

駅弁を食べたあと仮眠を取り、二時過ぎには京都に到着した。そこからバスで五十分。

鈴虫寺は有名なだけあって、平日でも観光客の姿は多かった。九月に入ったばかりで日差しも強く、日傘を差している人も目立つ。鈴虫寺を参拝する人の列ができており、寺に続く階段は人で埋まっていた。一時間以上待ってからようやく中に入れる。

庭でたくさんの鈴虫が鳴いていると思っていたが、違った。庭ではなく書院の中で飼育されているのだ。部屋の奥に箱が並んでいて、そこに鈴虫がいる。

「庭をゆっくり散策しながら鈴虫の音を聞くんだと思ってました」

「アホか。一年中鈴虫が自然の中で鳴くわけがないだろ」

「そっか。そうですよね」

確かに由利の言うとおりだ。まだ日が高いこともあって少し風情(ふぜい)に欠けると思っていたが、口には出さない。

「こんな音量で聞くもんじゃないな。坊主が金儲(かねもう)けしてるだけだろ」

相変わらずひどい言いかただ。聞こえはしまいかとひやひやする。

説法は三十分ほどで、笑いを交え、飽きないよう工夫されている。ためになる話で面白かったが、由利はニコリともしない。

「説法、面白かったですね」

「お笑い芸人の漫談のほうがまだマシだ。ありがたがる奴の気が知れない」

さらにとげとげしい口調に、樹は「はは……」と乾いた笑みを漏らした。心なしか不機嫌だ。

「人が多すぎる。確かにここだが、これじゃあどの鈴虫に宿ってるかわからない」

しんどそうな由利を見て、力を使った時に倒れたことを思いだす。ものに宿る想いを拾うのは、樹が想像する以上に体力や精神力を消耗するのだろう。これだけ観光客が溢れる中で残された声を聞き取らなければならないのだ。

樹も何か拾えないかと意識を張り巡らせていたが、何も感じない。

「すみません、僕も何もわからないです。大丈夫ですか？」

「ああ。外に出るぞ。無駄足だったかもな」

何かにあてられたのか、具合が悪そうにしている。

一度街に出て喫茶店でアイスティを飲んだ。エアコンの効いた店内で休むと由利の顔色もよくなる。

日が落ちてからもう一度鈴虫寺に向かった。参拝は五時までで中には入れなかったが、階段のところに青年が立っていた。まるで二人を待っていたというように。

「由利さん、あの人……」

「ああ」

後ろが透けているわけでもないのに、彼がこの世の者ではないとわかった。由利と一緒にいると、そういったものを感じ取る力が増す気がする。

揉みあげとうなじを短く刈りあげていた。肉体労働者なのか、スマートだが筋肉がしっかりついているのがわかる。

「お前はどんな想いを宿したんだ?」

由利のつぶやきに触発されるように、鈴虫の音が聞こえてきた。寺の鈴虫ではない。一匹だけ、何かを訴えるように鳴いている。

「あ」

樹が肩に担いでいるリュックに鈴虫がとまっていた。もう九月だ。自然の鈴虫がいてもおかしくはない。寺の中から外へ。想いは乗り移り、彼が二人に自分の望みを聞いてくれと訴えているようだった。潰さないよう、そっと捕まえる。すると、由利がよこせとばかりに樹に手を差し出してきた。

渡すと、彼の手に乗った鈴虫は、翅を擦りながらリィィィ……、と鳴いた。突然ドン、と衝撃が来る。

目の前に違う景色が広がった。青年の過去が。彼の想いが。

不思議な感覚で少し怖くもあったが、脳裏に広がる光景に抵抗せず、映し出されるものに身を委ねるように受け入れた。

おそらく新宿(しんじゅく)の歌舞伎町(かぶきちょう)辺りだろう。

目の前に広がっているのは、時代を感じる風景だった。街並みはもちろん、行き交う人のヘアスタイルやファッションが今と違う。車も今は滅多に見ない古い車種ばかりだ。古い映画の中に入ったような感覚に陥る。

しばらくすると、カメラがズームアップし、街の一角にあるビルに近づいていった。そして、店の中まで入っていく。

今で言うキャバクラだろう。行ったことはないが、いかにも羽振りのよさそうな恰幅(かっぷく)のいい男性と着飾った女性たちが、ソファーで談笑しながら酒を飲んでいる。スカートの中に手を入れて太股を触っている者もいるが、誰も咎(とが)めない。男性客は高らかに笑いながら肩を抱いたり胸のところに手を入れたり、やりたい放題だ。

そんな中、明らかにこの店の客層とは違う若い男性が座っている席があった。一応ジャケットを着ているがネクタイはしておらず、作業着のようなズボンを穿(は)いている。彼の隣には女性が一人ついているが、他の席のように賑(にぎ)わっていない。

「今日も指名ありがとう。お金、大丈夫?」

「うん。君を少しの間でも独り占めできるんだから」

「でもうちは安くないでしょ。今夜はお酒だけにしておくね」

「駄目だよ。何かフルーツとか一緒に頼んで。金払いの悪い客がついたら、肩身が狭くなるだろ」

青年が無理をしているのは明らかだった。彼女は少し困ったような顔をしたあと、ボーイを呼んでフルーツを注文した。

「女優さんになりたいんだろ？　だったらこんなところで働かないほうがいい」

青年の言葉に、彼女は笑った。

「だってレッスン代を稼がないと。歌も踊りもできなきゃ駄目なの」

その言葉から二人の関係が大体わかる。

よくある話だ。青年は彼女を好きになり、他の男に触らせないために金を払って彼女の時間を買っているのだ。まさか、現実でそんなことをする男性がいるのは驚きだが。

彼女は彼に自分の話をした。仕事のこと。夢のこと。

取り立てて目標などないと言った彼が彼女に惹かれたのは、未来を思い描いていたからだろう。ひとつの夢に向かって強い力で踏みしめていく姿が、眩しかったに違いない。

「俺は適当に生きてるから」

「きっと見つかるわ。今からだって遅くない。何かしたいことはないの？」

「君を応援したい。それじゃ駄目かな？」

彼女は嬉しそうに笑った。

「ううん、駄目じゃない。誰かを応援するのもいいことだわ」

回を重ねるごとにプライベートな話をするようになり、二人は親しくなっていった。客との恋愛は禁止されているが、二人が想い合っているのは明らかだ。

「うちの庭で鈴虫が鳴くの。その時季が一番好きだった」

出会ってどのくらいが経っただろう。ある日、彼女は初めて生まれ育った家のことを口にする。懐かしい実家を思いだす表情は、寂しげだった。

夢を叶えるべく上京したが、どんな努力も結果に繋がらず、ただ日々を削られるだけの人生に疲れはじめていたのかもしれない。

夢は時として残酷だ。希望を少しずつ削り取り、諦めに慣らしていく。気がつけば、夢と自分をかろうじて繋いでいるのは意地だけで、落葉樹に残った最後の葉のように、思い描いていた未来は頼りなくぶら下がっているだけだ。

懐かしさに目を細める彼女は、そんな虚しさを抱えていたのかもしれない。

そして、いつしか青年も金を使い果たして彼女の時間を買えなくなる。客との個人的なつき合いを禁止されている以上、軽々しいことはできなかった。そして何より、店の外で会えば女優を目指す彼女の邪魔になる。

そこで青年は、鈴虫を捕まえて彼女に電話をすることにした。限られた時間の中で、少しでも彼女を元気づけたかったのだ。

「聞こえる?」

虫籠の鈴虫は、彼の気持ちを察したように電話が彼女に繋がった途端、翅を擦って美しい音色を響かせる。一瞬の間があったが、彼女は『聞こえるよ』と言った。嘘だ。鈴虫の音は電話では拾えない。けれども、彼女は彼の気持ちを大事にしたかったのだろう。

『懐かしい。元気が出る』

その言葉を喜び、たくさんの鈴虫が彼女のために捕まえられた。

リィィィィ……、リィィィィィィ……ッ。

実際に聞こえなくても、彼女は想像したに違いない。懐かしい実家の庭を。夢を叶えるまで帰らないと言い残した時の勇気を。熱を。

そして、季節は秋から冬へと変わっていく。それでも青年は鈴虫を探し続けた。

『ねぇ、もう冬になったけど、どこで捕まえてきたの?』

三週間ぶりの電話だった。不思議そうに問う彼女に、青年は得意げに言う。

「華厳寺(けごんじ)。一年中鈴虫が鳴いてる寺だ。住職が飼育に成功して、最近やっと一年中鳴かせることができるようになったって聞いたから、お願いして一匹だけ譲ってもらった」

もちろん最初は断られた。けれども青年は何度も事情を説明し、頭をさげて頼み込んだ。一途に想う気持ちが人の心を動かしたのだろう。

「しかもさ、ひとつだけ願いを叶えてくれるお地蔵さんがいるんだ。君の夢が叶うようにお願いしてきたから」

『本当？　嬉しい。だったら、もっと頑張らなきゃね』

心が折れそうだった彼女を支えたのは、彼の想いに他ならない。夢を語る相手がいなければ、とうに田舎（いなか）へ帰っていただろう。

彼の願いが届いたのか、しばらくして映画の主演が決まった。これを機に仕事が貰えるようになれば、夜のアルバイトをせずに済む。

その時の青年の喜びようと言ったら。

自分のことのように夢を語る彼に、彼女は目を細めてこう言った。

「わたしの名前、陽子（ようこ）っていうの」

最後に彼女が彼に残した言葉は、本当の名前だ。

映画は上映され、青年は彼女の邪魔にならないよう一人のファンとして追いかけることを決意したが、それきりだった。映画はもちろん、ドラマや雑誌をどんなにチェックしても彼女の姿はない。

そして彼は知る。電話では鈴虫の音を拾えないことを。

「さすが女優さんだ。演技だったなんてわからなかったよ」

聞こえないのに聞こえるふりをしてくれた。そんな彼女の優しさが、余計に彼の気持ちを強くしたのかもしれない。

本当は聞かせたかった。彼女に届けたかった。

しかし、彼女と連絡する手段は失っていて、居場所もわからなくなっている。

「俺、馬鹿だから」

届かなかった想いを、青年はそんな言葉で囁った。

ハッと我に返ると、来た時と同じ景色が広がっていた。観光客たちがいなくなった鈴虫寺の階段が、夕陽を浴びてオレンジ色に染まっている。

「今の……」

「また俺と同じもん見たな」

まるで映画を観ているようだった。ここまではっきりと見えるなんて、やはり由利といると影響を受けるのだろう。一人の時はこうはいかない。

「彼女に届けてあげたいです」

「女の居場所をどうやって突きとめるんだよ」

「それは……そうですけど」

店は当然なくなっているだろう。手がかりは鈴虫と陽子という名前。そして、女優志望と言っていた。芸名は――。

「僕は見えなかったんですけど、由利さんは？」

本気か、と目を見開かれ、躰を小さくする。ごめんなさい。

呆れ顔をされるが何もせずにはいられず、由利をじっと見つめ返す。すると、しょうがないとばかりに、あからさまなため息を漏らされた。

「来生あおい」

「すごい！」

由利曰く、パンフレットにキャストの名前が書いてあったらしい。映画は話題にならなかったが主役だ。きっと手がかりになる。

その時、すぐまたリィィィイ、と鈴虫が鳴いた。

「一匹だけ連れていく気なら、そいつが死ぬ前に捜し出さないと意味ないぞ」

そうだ。想いは世代交代を繰り返す鈴虫に次々と乗り移っているのだ。一匹だけ連れ帰れば、宿る先を失ってしまうかもしれない。

「鈴虫ってどのくらい生きるんでしょう」

スマートフォンで検索すると、一ヶ月前後だという。それまでに――。

「俺は人捜しなんかしないからな。見つかったら電話しろ」

「えっ。つき合ってくれるんですか？」

「引き寄せる力は強まってるみたいだが、解決できるほどの力はないだろ」

「す、すみません」

「まずは虫籠だな。百円ショップにあるだろ」

さっさと階段を下りていく由利を慌てて追いかける。冷たい態度がむしろ彼の本質を浮き彫りにしているようで、じんわりと心が温まる。

京都から戻った樹は、来生あおいについて調べた。ネットでの検索は空振り。次にサークルの友達に連絡し、古い映画に詳しい友人知人がいないか聞いて回った。すると、映画研究会のメンバーならわかるかもしれないという。

ボランティアのサークルだからか、こういう時の行動は皆早かった。樹のために立ちあがって協力してくれる。

手がかりが見つかったのは、鈴虫寺に行った一週間後だ。

「えっ、知ってる人がいたって？」

映画研究会の先輩だった。彼がSNSで繋がった相手が古い映画――しかもあまり話題にならなかった映画に詳しいようだ。

「金沢（かなざわ）にある醤油（しょうゆ）店の一人娘だったらしい。先輩の番号教えるから、詳しい話が聞きたかったら連絡していいってさ」

「ほんとっ？　ありがとう。助かるよ」

老舗醬油店ならそう多くはないだろう。もう少し詳細を聞けばすぐに見つかるはずだ。

「石川県か」

また交通費がかかると思うが、ここまで来たからにはとことんやるしかないと腹を括った。虫籠の中の鈴虫が、リィィィィ……、と鳴いた。


由利とともに金沢入りしたのは、昼過ぎぐらいだった。天気は上々で、空が秋めいている。ここに来る前に映画も観ることができた。

情報を提供してくれた映画研究会の先輩が、ツテを駆使してビデオに落としたものを借りてくれたのだ。デッキは持っていなかったが、さすが映画好きとあって部屋に再生デッキがあり、観ることができた。

映画は自主制作のショートフィルムだった。

海辺の街を舞台にした若者たちの甘く切ない青春映画は、派手な演出こそなかったが心ににじんわりとくる温かいものだった。主演の彼女は演技力はもちろん、歌も上手かった。レッスン代がかかると言っていた彼女がどれだけ努力したのか、よくわかる。

彼女の実家はすぐにわかった。百年以上続く老舗の醬油醸造の会社で、醬油蔵と実家は隣接しており、直売所もある。問題はどうやって彼女にコンタクトを取るかだ。

「なるようにしかならないだろ。それよりまだ生きてるか?」

虫籠に入れた鈴虫は、朝から一度も鳴いていない。部屋では時々鳴いていたが、家を出て運びはじめるとなぜかピタリと鳴くのをやめた。京都から持ち帰った時もそうだ。おかげで電車の中に持ち込んでも困ることはなかった。

まるで彼の想いが樹に協力しているようだ。

覗くと、ちゃんと生きていた。彼女に聞かせるその時まで、力を温存しているかのように触角をゆっくり動かしている。

「大丈夫です。元気です」

タクシーで店に向かった。いったん虫籠を紙袋に入れ、軽く深呼吸して店内に入る。

棚には何種類もの醤油が並んでいた。標準的なものはもちろん、刺身用、卵かけご飯用、出汁(だし)入り等々。

「へぇ、こんなのまであるんだ」

新商品を手に取って見ていると、店員が出てくる。四十代くらいの女性で和服を着ていた。

「いらっしゃいませ」

物腰が優雅で、接客に年季を感じた。彼女は樹が手にしているものを見て、笑顔で近づいてくる。

「もしよろしければ、ご試食されていかれませんか？　パンにも合うお醤油なんです」

どんな味なのか想像がつかなかったが、食べてみることにした。バゲットをトースターで軽く焼いたあと、バターを塗ったそれに醤油を垂らす。

「いただきまーす。――んっ！　美味しい」

驚くほどマッチしていた。甘みが強く、黒蜜に少し近いかもしれない。

「美味しいですよ。ほら、由利さんも食べてみてください」

「わざわざパンに塗る神経が俺には……、へぇ。美味しいな」

こんな時でも口の悪さを隠しもしない由利に焦ったが、味が黙らせたようだ。警戒心を剝きだしにしていたのに、美味しいとわかるなりパクリとひと口で平らげた。

百目鬼に買って帰れば何か美味しいものを作ってくれるかもしれない。ふたつ購入し、卵かけご飯用も購入する。

「あの、すみません。失礼なことを伺うようですけど」

「はい」

笑顔で接客する彼女の態度が一変しないかドキドキしながら切りだした。

「僕、実は古い映画が好きで……。ここって、来生あおいさんのご実家ですよね」

彼女は驚いた顔をした。

「はい。来生あおいは私の母です」

嬉しそうに目を細める彼女からは、歓迎の気持ちが感じられた。ホッと胸を撫でおろす。

「すみません。押しかけるような真似をして。でも、ご実家がお醬油屋さんって聞いて、ちょっと興味を持ってしまって。映画観ました。すごくいい映画でした」

素直な感想だった。

「ありがとうございます。自主制作の短い映画だったけど、主演できたのはいい想い出みたいです。結局、女優としてデビューはできなかったし」

映画を観ておいてよかったと思った。話題にならなくても、自主制作でも、彼女にとってはかけがえのない作品だ。つらい想い出も多かったかもしれないが、それでも懸命に夢を手にしようとして残したものだ。

娘の話によると、自主制作の映画のあとに小さな役を貰ったが話は頓挫し、厳しかった父親が業を煮やして連れ戻したのだという。見合いで結婚したが、優しい相手に出会えた彼女は子供にも恵まれ、孫もでき、女優を目指したのは想い出として心にしまった。

「よかったら、映画の感想を直接母に伝えていただけませんか？」

「え？」

「もうお婆ちゃんになったので、映画のイメージを大事にされたいのでしたら無理にとは言いませんが、映画をご覧になったかたが来られたって聞いたら、母は喜びます」

「いいんですか?」

「もちろんです」

案内され、中庭に通された。そこに面した廊下の奥に和室がある。彼女は廊下に置かれた座椅子に座って庭を眺めていた。

「お母さん、お客さん。お母さんの映画観たんだって」

白髪の上品そうな女性だった。年齢は六十代後半か七十くらいだろうか。聞き取れなかったらしく、娘が屈むと口元に耳を近づける。話を聞きながら何度か頷き、樹を見ると痩せた躰を小さく折り曲げて挨拶をする。

「わたしの映画を? それはそれは」

樹は感想を伝えようとしたが、よく聞こえないらしく何度も聞き返された。筆談も交え、なんとか会話が成立するといった状態だ。

「ごめんなさい、お母さん耳が悪くて」

「いえ、こうしてお話しできただけでも嬉しいです」

「突発性難聴を患ってから、聴力が低下したんです。好きだった鈴虫の音も聞き取れなくなったもんね、お母さん」

「え?」

驚く樹を見た娘は、諦めたように笑った。

「この庭で鳴く鈴虫の音が好きだったんですけど、ここ数年はもう全然」

鈴虫の音が聞き取れない。

その事実に樹は愕然とした。

年配の人にモスキート音が聞こえないことは知っていたが、まさか鈴虫の音が拾えなくなっているとは想像もしていない。

遅かった。

彼女に彼の想いが宿った鈴虫の音を届けたかったが、間に合わなかった。

由利は仕方ないという顔で樹を見下ろしている。

夢は諦めたが、水商売から足を洗って結婚もして子供や孫もでき、幸せな一生を過ごした。今さら鈴虫の音を聞かせる必要など、ないのかもしれない。

「聞こえないなら仕方がない。帰るぞ」

由利に耳もとで言われ、小さく頷いた。彼の想いも納得してくれるだろう。

「それでは僕たちはこれで。今日はありがとうございました」

「いえ、こちらこそ。久しぶりにお客さんが訪ねてきて、お母さんにはいい刺激になりました。耳を悪くしてから籠もりがちだったので」

お辞儀をし、中庭をあとにする。

しかしその時、これまで黙っていた鈴虫が紙袋の中で鳴いた。聞こえなくてもいいから……、と行き場のない彼の想いが翅を震わせているかのように。

「あら、鈴虫」

今の言葉を発したのは、誰だろう。

ふり返ると、座椅子から身を乗り出した彼女の姿が目に飛び込んでくる。

「ほら、鈴虫が鳴いてるわ」

音のもとを探そうとして座椅子から転げ落ちそうになるが、娘に支えられる。

リイイイイ……、リイイイイイ……ッ。

虫籠の鈴虫が、紙袋の中で鳴いている。

「その辺りよ、あなたが持ってる紙袋」

樹は急いで彼女のもとへ戻った。袋から虫籠を出す。

「聞こえてるぞ。お前が届けようとした鈴虫の声」

由利が独りごとのように言うと、鈴虫はいっそう大きく鳴いた。宿った彼の想いが喜んでいるみたいだ。

「ああ、よく聞こえるわ」

「……お母さん」

目に涙を浮かべて笑う彼女を見て、娘も驚いていた。

「あの、すみません。実は鈴虫の音がお好きだったたって話も聞いていて。お渡ししていいかわからなかったんで。よかったら……どうぞ」

虫籠を渡そうとすると、樹の腕に誰かの腕が重なり、息を吞む。それは実体のない映像だ。自分の意志とは別のところで躰を動かされている気がする。

由利がそのまま渡せとばかりに頷いた。

「鈴虫が好きな君に聴いて欲しくて、捕まえてきたんだ」

それは樹が放った言葉ではなかった。樹の躰を借りて彼が言わせたとしか思えない。なぜそんなことが起きるのかと思っていると、由利と目が合う。

これも、あなたが傍にいるから起きる現象ですか？

言葉にしなかったが、そうとしか思えない。

「まぁ、ありがとう」

虫籠を受け取った彼女は、嬉しそうに膝に抱えた。透きとおった音が庭に響く。彼女が愛した鈴虫の鳴く庭だ。一人東京で夢を追いかけながらも、心にずっと抱えていた。

「うふふ。よく鳴く鈴虫だこと」

彼女が何を思いだしているのかわからない。青年のことは封印している可能性もある。けれども、過ぎ去った日を懐かしむように笑う彼女に、青年の想いは救われるだろう。ちゃんと届いたのだから。

樹の連れてきた鈴虫に触発されたのか、庭の鈴虫が一斉に鳴きはじめる。それは、見返りなどなくとも、ただ届けたいという青年の想いを祝福しているようだった。


戻ってきたのは、夜だった。

疲れを隠せない由利をマンションまで送った。ちょうど百目鬼が買いもの袋を抱えて部屋の前に立っている。

「おう、お前らどこ行ってたんだ?」

「どこだっていいだろ。ったく、お前はまた無断で俺の部屋に入ろうとしてたのか。オートロックすり抜けてくるな」

「たまたま宅配便が出てきたんだよ」

「嘘つけ」

ドアを開けて中に入るなり、由利がふらついた。

「由利さんっ!」

ズルリと倒れ込むのを支えてくれたのは、百目鬼だ。軽々と肩に担ぎあげてベッドに運ぶ。水を入れたグラスをサイドテーブルに持っていき、リビングダイニングに戻る。

「体力消耗してたなぁ。何してきた?」

「金沢まで行って、黒電話の件を解決してきました」

買いもの袋の中身を出して並べる。新聞紙にくるまっているのは、自然薯だった。

「それなら精のつくもんを喰わねぇとな。夏の疲れが出る頃だから買ってきたんだが、ちょうどよかった」

いちいちお母さんのようなことを言う。いや、お婆ちゃんかもしれない。

「麦ご飯にとろろかけるんだよ。海苔をたっぷり載せてな」

「聞いただけで美味しそうです。あ、出汁醬油買ってきたんですよ。合いますかね？」

「お、いいもん持ってんな」

百目鬼に言われ、山芋の皮を剝いてすりおろす。手がぬるぬるして力が入りにくい。

樹が悪戦苦闘しながら山芋をすっていると、百目鬼は圧力鍋で麦ご飯を炊き、味噌汁を作って出汁巻き卵まで完成させた。グリルの中では鰤カマが美味しそうな匂いを漂わせはじめている。

「もうお腹ペコペコです」

「あいつ喰えそうか？　とろろだけでも喰ったら違うんだけどな」

由利が倒れたのは、明らかに樹のせいだ。彼の姿が自分に重なった瞬間、そして自分のではない言葉が口をついて出た瞬間を思いだす。想いを浄化させるために、彼はどれだけの力を使っているのだろう。

「由利さんって、やっぱり優しい人なんだなって」

口は悪いし態度も大きい。だが、根底に流れる優しさは隠せない。なぜ、誤解されるような態度ばかり取るのだろうか。

「もう少し素直に自分を見せてくれたっていいのに」

「そうならざるを得なかったんだろうな。ほら、しゃもじ。由利のぶんも用意しとけ」

炊きあがった麦飯を茶碗によそいながら、百目鬼の言葉を考える。

骨董品店の中だけとはいえ、樹も子供の頃に声を聞いたり姿を見たりしたことが何度かあった。その話をしたのは祖父にだけだったが、当たり前のように受け入れてくれた。だから特別な記憶とならず、日常に溶け込んでいったのだろう。

祖父も声を聞いたことがあると言っていたが、あの話をもし別の人にしていたら。嘘つき呼ばわりされていたら——そう思うと怖くなる。

しかも、由利の力は強い。日常的に他人には見えないものが見え、聞けない音が聞こえるのはどんなに孤独だっただろう。

「由利さんの弟さんには、力はあったんでしょうか」

「お袋さんは家系って言ってたからな。あって当然って口調だったからあったんだろ」

「秘密を共有できる相手でもあったのかもしれませんね」

その時、スマートフォンに着信が入った。由利の母親からだ。

「なんだ、連絡先交換してたのか」

「はい、何かの時のためにと思って。なんだろ」

電話に出ると、けだるそうな声が聞こえてくる。

「弟さんの形見を？」

ずっと渡したいと思っていた形見があると彼女は言った。部屋を片づけて探し出したから取りに来てくれと。形見の品がどこにあるのかすぐにわからないところが、あの部屋の住人らしい。少しは片づいたのだろうか。

「お袋さん、なんだって？」

「弟さんの形見を預かって欲しいそうです。自分から渡してもどうせ受け取ってもらえないから、頃合いを見て渡せるようだったらって」

言いかけて、百目鬼の顔がこわばっているのに気づいた。ハッとしてふり返ると、由利が立っている。心臓が冷水を浴びたようだった。

「なんでお前があの女と連絡取ってるんだよ」

静かだが、怒っていた。これまでにないくらい。

「おい、樹！　質問に答えろ！」

「――っぐ！」

胸倉を摑まれた。弾みで食器が床に落ちて割れる。百目鬼が割って入るが、由利は手を緩めなかった。苦しいと訴える。

「いい加減にしろ、由利っ」

「うるさい！　貴様は黙ってろ！　どうしてあの女に会ったっ！」

「そ、それは……っ、由利さんが……心配で」

「心配？　何を心配しているんだ？」

「放してやれ。俺も行ったんだよ。俺がお前のお袋さんの居場所を探してこいつを連れていった」

　由利の手が緩んだ。

「なんだって？」

百目鬼が説明すると手を離したが、許してくれたわけでないのはわかる。全身から漲る（みなぎ）二人への拒絶はかなり強い。

「……出ていけ」

「由利さん、あの……っ」

「いいから二人とも出ていけ！　二度と来るな！」

まさに龍の逆鱗（げきりん）だった。由利を本気で怒らせた。

今まで何度も呆れられたり悪態をつかれたりしてきたが、これほどまでに感情的に責められたことはない。それだけに、彼の怒りがどれほどのものか痛感した。してはいけなかったのだ。由利のためと言って彼の事情を無断で探った結果がこれだ。

百目鬼とともに部屋を叩(たた)き出された樹は、ただ呆然(ぼうぜん)とするだけだった。

第五章　大好きな……

嘘つき。

同級生の言葉が、鋭利な刃物のように襲ってくる。

嘘つきは泥棒の始まりだぞ。

悪意の塊みたいな言葉が次々と浴びせられた。からかわれ、証明しろと言われ、突き飛ばされた。同級生だけではなかった。

由利君、嘘はよくないわ。どうしてそんなことを言うの？　先生との約束を破ってまた嘘をついたわね。あなたが嘘をつくから、みんながあなたを悪く言うのよ。

声が聞こえると言っただけだ。何か訴えてきている。それはとても悲しく、切ない。だからなんとかしたかった。なんとかできないか、誰かに相談したかった。それなのに、どうしてわかってくれないのだろう。

気持ち悪いこと言うなよ。不気味な奴だな。

外で遊んでばかりの父には、気味悪がられた。その話をすると、母は不機嫌になった。

お母さん仕事で疲れてるんだから、そんな話しないで。

悪いのは自分。悪いのは、他人と違う自分。でも、嘘はついていない。

お兄ちゃん。お兄ちゃんも聞こえるの？

唯一、共有できたのは斗真だけだが、絶対に誰にも言うなと約束させた。秘密にしろ。でないと殴られる。虐められる。嘘つき呼ばわりされる。弟だけは護りたい。

斗真はイイ子だった。兄からの助言をちゃんと守った。友達とも仲良くやれた。それだけが救いだ。
それなのに――。

「――っ！」

弟の声がした気がして、由利は目を覚ました。時計を見ると夜中の三時だ。ため息を零し、冷蔵庫に飲みものを取りに行く。ペットボトルの水で喉を潤したが物足りず、冷凍庫のアイスを漁った。由利は、起き抜けでもアイスを食べる。

バニラ味のカップアイス。クランチとチョコレートをまぶしたバー。ヨーグルト味のラクトアイス。安っぽい味のする昔ながらの氷菓。小豆が入ったアイスモナカ。

冷凍庫に常備されていないと、なんとなく落ちつかない。ふと、密閉容器に入ったカレーを見て、お節介な男の顔を思いだして眉根を寄せた。

「あの野郎……」

他人が留守中にあがり込んできて、勝手に料理を作って帰っていくのだ。たまったものではない。だが、部屋の鍵を変えずにそのままにしている自分もどうかと思うのだ。

「面倒なだけだ」

言いわけをするようにつぶやいた。そして、もう一人のお節介な男を思いだす。百目鬼ほど図々しくはなく、気弱で、こちらが強く出るとおどおどするのに引き下がらないこともある。歯を喰い縛り、足を踏ん張って必死に自分の考えを理解してもらおうと言葉にする。

樹を部屋から叩き出した時のことが蘇り、尻尾を振りながらご飯をねだる野良犬を足蹴にしたような気持ちになった。あの時は頭に血がのぼって感情を抑えられなかった。玄関を出ていく樹がふり返りざま向けた縋るような視線。いかにもショックといった表情が頭から離れない。

あんな顔をするなんて。させてしまうなんて。

「あの甘ったれ。こっちが悪いことした気分になるだろ、ったく」

斗真が生きていたら、樹と同い年だ。

弟には自分とは違う人生を歩んで欲しかった。備わった力に振り回されず、母の連れてきた男から暴力を受けることもなく、友達と普通につき合い、行きたい学校に進学し、将来に向かって歩いて欲しかった。大学に行きたいと言うなら、自分が行かせてやると思っていた。そのためならなんでもした。だが、結局迎えに行けなかった。

「俺が捨てたようなもんだ」

人ではない者に誘われて猫捜しをする樹を見かけた時、なぜ声をかけたのだろう。赤の他人に、なぜ手を差し伸べてしまったのだろう。

兄ちゃん。

斗真の笑顔と樹が重なる。

顔が似ているわけではない。だが、重なるのだ。自分を慕う弟と、困っている人を放っておけない樹が。

だが、もう関係は終わった。自分が終わらせたのだ。

そう痛感し、冷凍庫から取り出したアイスをもとに戻す。

樹が買ってきたそれは、残り少なくなっていた。

大学の後期授業が始まった。

夏休みを満喫した学生たちにはどこか浮ついた空気が残っており、大学全体が活気に溢れていた。本格的に学園祭の準備を始めるサークルもあり、学業以外のことに囚われる学生も多かった。

そんな空気の中、授業を終えた樹は学食のほうへとぼとぼ歩いていた。学食に行くとサークルの誰かがいる可能性が高く、次の講義までの空いた時間を潰すにはちょうどいい。図書館でもよかったが、レポートなどの課題も抱えていないため行く気がしない。

「由利さん、何してるんだろ。まだ怒ってるよなぁ」

結局、夏休み中に蔵の整理は終わっておらず、一度自分の家に戻った。急ぐことはないと言われ、続きは冬休みに入ってからすることになった。実家より祖父母の家のほうが大学に近いが、由利とあんなふうになってしまってからは、なんとなく居づらい。

百目鬼とも連絡を取っていなかった。由利とどうなっているか聞きたいが、聞く勇気はなかった。刑事という仕事がら、あまり休みも取れないだろうと思うと自分の悩みを聞いてもらうために電話するのも憚られる。

考えまいとするほど脳裏に浮かび、樹は深々とため息をついた。

その時、慌ただしい空気がこちらに向かってくるのに気づいた。

「たたたた大変だっ！」

響き渡る声に、学生たちがふり返る。血相を変えて駆けてくるのは、市谷だった。ぼんやり歩いていた樹は、その剣幕に圧倒されて立ち尽くすことしかできない。

「ど、どうしたの、チガ」

「何悠長に構えてんだよ！　お前何したんだっ？」

「え？　何って？」

「ヤクザがお前を探してる！　今学食にいるんだけど、学生にサークルの部室の場所聞いて回ってたらしい。待ち伏せされるんじゃないかっ？」

樹はゴクリと唾を呑んだ。

ヤクザに追われる覚えはない。何かした覚えもないのだ。しかし、気づいていないところで面倒なことに関わっていたのだとしたら――。

とりあえず学食を覗きに行くことにした。

「お前、遺品整理断っただろ。ヤバいバイトしててヤクザと関わってたんじゃ」

「そんなことしないよっ」

「じゃああれ誰だよ」

心臓がドキドキしていた。人違いでありますように……、と祈りながら学食の中を覗く。よく見えず、身を屈めて中に入った。

「ほら、あそこ」

どの席の人物かはすぐにわかった。学生で溢れる学食で一人異質な雰囲気を振りまいている男がいる。大きな背中を丸めて定食か何かを食べていた。

大学の学食は一般にも開放しているため、外部の人間がいることには慣れている。だが、男の周りに結界でも張ってあるかのように、人のいない空間ができていた。

危険な世界の人間だと、誰もが感じているのかもしれない。

「な、ヤクザっぽいだろ?」

うん、と言いかけて、男が横を向いた。その瞬間、それが誰なのかわかる。

「百目鬼さんっ」

思わず立ちあがると、市谷が「ひっ」と妙な声をあげた。百目鬼がふり返ったのだ。背中を丸めたまま、眠そうだが鋭さを奥に秘めた目を向けられる。

まさに、繁華街を牛耳る組織の親玉だ。

「たたたたた樹っ、警察呼ぼう!」

「大丈夫、刑事さんだから」

市谷は目をしばたたかせた。言葉も出ないらしい。ピチピチピチピチ……、と二人の間を通りすぎた小鳥の囀(さえず)りは、スマートフォンの着信音だ。すぐ傍の学生が電話に出る。

「えっ、あっ、なっ、何っ、お、お前っ、刑事に追われるようなことしたのっ?」

混乱を隠せない市谷に、思わず目を細める。

「違うって。大丈夫。あの人、すごくよくしてくれるんだ」

友達と言うには年齢が離れているし、知り合いと言うには他人行儀で、どう説明していいかわからなかった。料理上手だと言ったら、市谷はきっと目を丸くするだろう。

「う……っ!」

市谷が言葉にならない声を発した。百目鬼が樹に手招きしているのだ。大丈夫だとわかっていても、こんな反応をさせる人相の悪さを笑わずにはいられない。

「おう、久しぶりだな、樹」

百目鬼は前に座れと顎をしゃくった。


三限目が始まった学食からは、潮が引くように学生の姿が減った。

それでも空き時間を潰す学生で席は三割ほど埋まっている。サボっている学生もいるだろう。市谷は授業があるからと、講義が始まる五分ほど前に学食をあとにした。

百目鬼に対する興味は抑えきれなかったようだが、出欠が単位に大きく影響する教授で落とすわけにはいかないらしい。

あとでいろいろ聞かせてくれという言葉を樹に残した。

「ヤクザが来たって言われましたよ」

「ひでぇなぁ。市民のために毎日汗水垂らして働いてる俺を捕まえて何がヤクザだ」

「髭剃ったらいいじゃないですか。ここじゃ浮きますよ」

樹は周りを見回した。明らかにここだけ異質な雰囲気が漂っている。

百目鬼は足りないらしく、二人ぶんの定食をペロリと平らげたようだ。トレーも器も二枚ずつ重ねてある。

今はデザートのアイス、ふたつ目をもりもり食べていた。

「最近の学食はお洒落だな。俺の大学はビュッフェ形式なんてしてなかったぞ」

「うちの学食は評判いいんですよね。七月のカレーフェアとか最高でしたよ。スリランカカレーとかいろんな国のカレーが食べられるんです。人気のはすぐ売り切れるし」

「贅沢だな」

普通サイズのカップアイスも、百目鬼にかかればすぐになくなる。手で潰された容器は、怪獣に破壊された街の瓦礫みたいだった。

「それよりどうして電話しなかったんですか。いきなり来るなんて」

「直接話したかったんだよ。飯喰ったら電話しようと思ってたんだがな、まさか偶然会うとは思ってなかったよ」

「だから偶然じゃないんですって。僕のこと探したでしょ？」

サークルの部室の場所を聞いたのは、単に興味があったからと百目鬼は言った。彼に言わせると、ボランティアのサークルなんて胡散臭くて覗いてみたくなるそうだ。

「百目鬼さん、心が汚れてます」

「そういう仕事なんだよ」

「まさか女の子を紹介してもらうつもりだったんじゃ」

「あほう。大学生なんて俺から見たらただのガキだよ」

「とかなんとか言って。誰も紹介しませんよ」

「お前、由利に似てきたな」

その名前が出てきた瞬間、心臓が小さく跳ねた。聞いていいか迷い、ずっと放置している問題を思いだして無意識にため息を零す。

「由利のお袋さんとこには行ったのか？」

「いえ、まだです。バイト始めたから時間もないし、これ以上プライベートに踏み込んでいいかわからなくて」

「バイトは言いわけだろう。それに、もう踏み込んじまっただろうが」

「わかってます。でもすごく怒ってたし、ここでやめるべきなんじゃって」

樹が躊躇する大きな理由は、由利の母親が樹に託そうとしている形見に弟の想いが残されているかもしれないからだ。もし残っていたら、それに触れた樹はおそらく覗けるだろう。由利と一緒にいる時のように詳細まで見えるかはわからないが、由利に無断でそうするのはよくない気がした。

「由利さんが僕たちには知られたくないと思ってることかもしれないし、僕に覗く資格はあるのかなって」

百目鬼は唸った。

「百目鬼さんはどうです？　あれから由利さんの部屋に行きました？」

「ああ」

意外だった。

あれほど怒らせたのに再び部屋に行くなんて、勇気がある。さすが百目鬼だ。

「どうでした？」

「駄目だな。とりつく島もないってこのことだ。あいつの悪態には慣れてたんだがなぁ。今回は本気で怒らせちまった。それほどお袋さんとの問題が根深いってことだろうな」

「そうですか」

無意識に声のトーンが落ちる。窓の外を見ると、空が秋めいていた。灼熱で世界を席巻していたそれは、今は穏やかな顔で見下ろしているだけだ。

「樹は中途半端な気持ちであいつの過去に触れようとしたのか？」

「いえっ、そんなつもりは」

ただの好奇心ではない。彼の力になりたかったからだ。冷たい言葉を樹に浴びせながらも、結局は手を差し伸べてくれた彼へ恩返しがしたい。

そっとしておくのが一番なのか働きかけるべきなのか、樹にはわからなくなっていた。

「なぁ、樹。由利の野郎は、お前さんを特別扱いしてる。それは確かだ」

「そうでしょうか」

背中を丸め、クリーム色のテーブルの汚れを凝視した。

そうでしょうかと言いながら、心の中ではそんなはずはないと否定するもう一人の自分がいる。そこまで自分は由利にとって特別だとは思えないのだ。

「死んだ弟と同い年だったよな」

「はい」

「俺は、お前ならいいんじゃないかって思ってるんだ」

樹はゆっくりと顔をあげた。百目鬼は自信ありげな顔をしている。

「これまであいつを見てきたが、ドライな奴なんだ。自分にメリットがないのに厄介ごとに首を突っ込むようなことはしなかった。だがお前さんは別だ」

「それは、たまたま……」

「お前何回あいつに救われた？」

ハッとした。四回だ。夏休みの間だけで、四回も世話になった。

「樹のためなら面倒なことでも腰をあげる。俺に言わせりゃ、お前はあいつにとって特別だよ」

「そう思っていいんでしょうか」

もしそうなら——。

希望に似た気持ちが湧きあがる。ほんの少し、ドキドキしていた。

それを見た百目鬼は、無精髭のある口元でニヤリと笑う。そして、噛みしめるようにこう言った。

「必要なのは覚悟だけだ」

由利の母親に連絡を取ったのは、その日のうちだった。

いったん腹を括ると、一刻も早く会わなければという気持ちになっていた。しかし、新しく大学近くの飲食店でアルバイトを始めたせいもあり、なかなか予定が合わない。なんとか休みをすり合わせることができたのは、十日ほどが経ってだった。

「ごめんねぇ、わざわざ来てもらってさ」

「いえ、お邪魔します」

部屋は相変わらず散らかっていたが、樹が来るとわかっていたからか、身につけているのはこの前のようなキャミソールではなく、Tシャツとダメージジーンズだった。シャツのほうは首回りが大きく空いており、ジーンズのダメージもかなり大胆で目のやり場に困るが、気を使っているのがわかる。

想像していたより、ずっと優しい女性なのかもしれない。

「由利さんに渡したい弟さんの形見の品って……」

「これよ」

彼女が持ってきたのは、アルバムのように分厚いカードケースだ。樹も小学生の頃に随分と嵌まった。子供から大人まで収集する人は多い。

「これ、学校で流行ったの。対戦カードゲームっての？　うちは貧乏だから他のうちの子みたいにたくさん集められなくてね、でも千景が時々買ってあげてたみたいなの」

「知ってます。僕も集めてたので」

「そうなんだ？　レアものとかあるんだってね」

カード入れは空白が多かった。それでも由利が会いに来るたびに買ってきたというそれは、大切に保管されている。キラキラ光るレアものはないが、宝物だったに違いなかった。

「じゃあ、お預かりします」

何か見えるかもしれない。

緊張しながらカードケースに手を伸ばした。手に取る。しかし、声は聞こえない。姿も見えない。ケースから出してカードに直接触れても同じだ。想いが宿っていないか一枚一枚手で触れて確かめるが、それでも変わらなかった。

「丁寧に触るのね」

「え？」

「タバコ吸っていい？」

「ああ、どうぞ」

彼女は窓際に移動し、窓を開けてタバコに火をつけた。あれほど暑かった日々が嘘のように、今は湿度の低い快適な空気が窓から入り込んでくる。この時期になると昼間でも時折涼しい日がある。

ゆらりと紫煙が窓から逃げていくのを、樹は黙って眺めた。何か言おうとしているとわかり、彼女が話しはじめるまで黙って待つ。

「あたし、この前はあんなこと言ったけどさ」

あの時の言葉を思いだして、胸が痛くなった。

『千景がちゃんと約束を守ってくれてたら、川になんて行かなかったのに』

事故なのに、いまだに自分のせいだと思っているだろう由利を思うと、切ない。

「あたしはさ、斗真がお兄ちゃんと海に行くのを楽しみにしてたのを知ってたの。夏休みにみんな家族でどっか行くじゃない？　うちはそういうのなかったからさ」

ふーっ、と外に向かって紫煙を吐き出す。彼女の口から勢いよく飛び出したそれは、空に広がるうろこ雲と混ざるように消えていった。

「この前は千景が約束を守ってくれてたら、なんて言ったけど、本当は母親のあたしが連れてかなきゃいけなかったのよ。斗真が海に行きたがってたの知ってたしね」

そうですねとは言えなかった。こういう場合、どんな言葉を投げかけるべきなのかわからない。自分は子供だと痛感した。

「千景はここを出ていってからも、本当によく斗真と連絡取ってくれたんだ。美味しいものを食べに連れてったり。あたしがすべきことをほとんどあいつがやってくれた。海くらい連れていけばよかったわ」

疲れたような声は、後悔の表れだろうか。

やはり彼女は彼女なりに子供たちを愛しているのだと思った。だらしない生活を送っているように見えるが、斗真の写真はいつもカラーボックスの上に飾られている。そこだけが片づいている。

「あたし、斗真が死んだ時、あいつに言ったのよ。『お兄ちゃんが約束守ってくれてたら、斗真は川遊びになんか行かなかった』って」

「そうだったんですか」

「ひどい母親でしょ？」

自虐的に笑う彼女は、後悔しているに違いなかった。息子を失った悲しみのあまり、責めずにはいられなかったのだろう。過去の失言を回収するのは無理だ。

実の母親に傷つけられた由利の心は、今もまだ治っていないのかもしれない。

「あいつはあたしには反抗的だったけど、あの時だけは口答えしなかったのよ。多分、自分のせいだって思っちゃったのよ。あたしのせいなのに」

あの由利が、理不尽な責めを黙って受け入れた。あれほど口の悪い男が、何も言い返さず受けとめたのだ。己の罪を目の当たりにした彼が儚げに佇むのを想像して、支えてやりたくなった。

「お母さんのせいでも……ないと、思います」

それだけ言うのがやっとだった。

大事な存在を失った悲しみが、悲劇を生み出した。誰も悪くない。そう考えなければやりきれなかったのだ。息子を愛していた証拠でもある。

「あんた優しいのね。斗真もね、優しい子だったわ」

短くなったタバコが灰皿でもみ消された。慣れないタバコの臭いは荒れた生活を連想させたが、生活を立て直そうとする彼女の気持ちも見える。

空き缶はこの前ほど積みあげられておらず、シンクも前回よりずっとマシだった。愛情の存在が見え隠れしている。

「だから伝えて。あんたのせいじゃないって。斗真はお兄ちゃんが大好きだったって」

「わかりました。これ、僕がお預かりします」

樹は三割も埋まっていないカードケースを大事に抱えた。

伝えなければ。

帰り道を歩きながら、樹は強くそう思った。

由利に、弟の死は由利のせいじゃないと、母親もそう思っていないと伝えなければ。

だが、どうすれば話を聞いてくれるかわからない。顔を見ただけで追い返されそうだ。

「お母さんにまた会ったなんて言ったら、もっと怒るだろうな」

切り出しかたが思いつかなかった。

考えながら歩いていると、ふと声が聞こえてきた。立ちどまり、辺りを見渡す。

「なんだろ？」

子供の声のようだった。耳を澄ますが、聞こえない。空耳かと思い、再び歩きだそうとして何かを踏んだ。体重を乗せる前に気づき、足をどける。

手に収まるほどの小さな巾着袋だった。硬い何かが入ったそれを拾って中を見る。

さきん。さきん。

「わっ」

思わず落とした。

ゴクリと唾を呑み、袋を凝視する。

さきん。さきん。

また声が聞こえた。

声は小瓶の中のキラキラした砂から発せられているらしい。ものに宿った想いだ。

またか。

由利に力が強くなっていると言われたが、こうなると信憑性(しんぴょうせい)を増してくる。自分で解決できないのに引き寄せる力ばかりが強くなれば、いずれおおごとになりそうで怖い。

「今はそれどころじゃないんだよ。ごめん」

すぐにもとあった場所に戻した。しかし、立ち去ろうとすると声がより大きくなった気がした。ふり返ってじっと眺めていると、また声が聞こえる。

さきん。さきん。

捨てられたものかもしれない。しかし、想いが宿っているのだ。持ち主に大事にされている可能性も高く、このままでいいのかと自問した。

「こ、交番に届けるくらいならいいよな」

持ち主のもとへ返したほうがいい気がして、急いで小瓶の入った袋を拾いに戻った。

さきん。さきん。

早くそうしてくれと言わんばかりに、声をあげている。

「わかった。わかったからもう黙っててくれ」

スマートフォンで検索して交番を探した。少し遠回りだが、寄っていく。

単に捨てられたかもしれない小さな巾着袋を見ても、警察官は面倒そうな素振りは見せなかった。中身を確認したあと、書類を書くよう促される。手続きを終えた樹はバス停に向かい、ベンチに腰掛けた。目を閉じ、由利が家出同然で出ていくまで住んでいた街の空気を大きく吸い込む。

彼を理解する手段であるかのように。

どこからか救急車のサイレンが聞こえてきた。車の走行音も。風に乗ってくる管楽器の音は、吹奏楽部だろうか。学校があるらしい。

穏やかな秋の空に響く、どこにでもある街の雑音。

ポケットでスマートフォンが震えた。この街の空気に浸っていた樹は、ゆっくりと目を開けてディスプレイを見る。

「ゆっ、由利さんっ！」

まさか電話がかかってくるとは思わず、慌ててスマートフォンを落とした。緊張で手が滑る。

「はいっ、あの……」

なんの用事でかけてきたのだろう。ドキドキしながら電話に出ると、ばっさりと斬りつけるように言われる。

『あの女に会いやがったな』

電話の向こうから聞こえてきたのは、すこぶる機嫌の悪い由利の声だった。なぜ知っているのだと聞くと、母親から電話がかかってきたらしい。

『なんであの女が俺の番号知ってるんだ？』

「ぼっ、僕じゃないです！」

『なまはげの仕業か。クソ、あの野郎』

忌ま忌ましいと言いたげな由利に、自分は何を言われるだろうと身構えた。全部ばれている。

「あの、すみません。本当に……でも、僕はただの興味だけでは……」

樹の言いわけは『うるさい』と感情の籠もらない声で一蹴された。たったそれだけで何も言えなくなる。

『斗真の形見を受け取っただろう』

母親からの電話は、樹に形見の品を渡したと伝えるためだったらしい。届けに行くと言うと、祖父母の家で待っていろと言われる。

急いで帰ると、由利が骨董品店の前に立っていた。

「すみません、遅くなって」

由利は何も言わなかったが、もの言いたげな目に心臓がキュッと縮こまる思いがした。

居心地の悪さを感じながら中に促す。

「入ってください。何か飲みものでも……」

あまりに冷めた視線で見るものだから、目を合わせていられずそそくさと家の中へ入っていった。夏休み中にずっと生活していたからか、自分の家のような感覚だ。

シンとした部屋の中はどこか温かみがある。

「さっさとよこせ」

「あっ、はい」

リュックの中から預かったものを出し、テーブルの上に置いて由利のほうへスッと移動させた。だが、すぐには手に取らない。じっと見ている。

自分には捉えることのできない弟の声が聞こえるのだろうか。

そう思った樹は邪魔にならないよう、黙って由利が何か言うのを待っていた。

「何も聞こえないな」

シンとした空気を揺らしたのは、由利の静かな声だった。嗤(わら)いながら手を伸ばす彼を、なんとも言えない気持ちで見ているしかない。

意外だった。

由利の力をもってすれば、宿った想いを拾えないことはないだろう。つまり、そこに弟の想いはないということになる。

静かな空気の中、ページがめくられていく音がしていた。カードを眺める目には、どこか優しさを感じる。弟を思いだしているのかもしれない。

レアものはないようだが、お気に入りのキャラクターはいたのだろうか。封を開けるたびにいろいろな表情をしてみせただろう。

由利の脳裏には、弟が一喜一憂する姿が浮かんでいるに違いない。

「俺に残す想いなんてないか」

ポツリと、零した。寂しそうな声だった。

どんなふうに声をかけていいかわからない。慰めなどなんの役にも立たないだろう。けれども目の前の由利があまりにも儚く見え、手を差し伸べたくなった。その必要などないとしても、何かしたい気持ちは変わらない。

「恨みごとでも残してくれといたらよかったんだけどな。あいつは優しいから」

どんな言葉でもいいから、弟の声を聞きたかったのかもしれない。一人っ子の樹にはわからないが、仲のいい兄弟というのがどんなか想像してみる。

「すみません、僕。勝手なことして」

「いいよもう」

「でも……タイミングってものがあるし。僕がお母さんに会いに行ったから……」

「ああもう、ウジウジウジウジ鬱陶しいな。いいって言ってるだろ」

普段の口調に戻ったのに気づいた。表情も先ほどのような寂しさは浮かんでいない。目が合うと「なんか文句あるか」とばかりに見下ろされ、なぜか安心した。由利はこうでなくてはいけない。

「百目鬼さんも心配してます。落ち込んでますし。許してくれるなら、電話してあげてください」

「はっ、あのお節介なまはげ。余計なお世話っていつも言ってるのにな」

百目鬼に対しても、怒ってはいないようだった。

「あいつに飯作らせるか」

悪魔みたいな人だと思いながらも、いつもの由利に戻って嬉しくなる。

それから数日後。樹のスマートフォンに百目鬼から電話があり、由利の部屋で夕飯を食べることになった。バイトが終わってから行けば、二十二時半には合流できる。

差し入れに飲みものを買った。コンビニエンスストアの袋をぶら提げていく。

「こんばんはー」

「おう、来たか。ちょうどできたところだぞ」

部屋に入ると百目鬼は自分の部屋のような顔で樹を迎えた。

「なんで樹に合わせてこんな時間に喰わなきゃならないんだ」

「すみません」

「別にいいだろうが。ほら、これ運んで座ってろ。十五分くらいで喰えるからな」

「はい。もうお腹ペコペコです。わ、今日はパスタですか。百目鬼さんのイメージじゃなかったから、まさかイタリアンが食べられるなんて思ってなかったです」

「俺のパスタは最高だぞ。サラダもな」

サラダは色とりどりの野菜とカリカリに焼いたベーコン、フライドオニオンなどが散りばめてある。紫色のキャベツなんて実家でも出てきたことがない。

「わ、サラダ美味しそう」

麵を茹(ゆ)でる間、サラダを前におあずけした犬のように待っていた。アルバイトのあとだけにお腹の虫がぐぅぐぅ鳴る。

「できたぞー。ほら、皿よこせ」

合図とともに皿を手にした。茹でたての麵の香りもいい。

仕込んであったミートソースは肉がたっぷり入っていてスパイスの香りもする。堆く盛り、粉チーズをたっぷりかけると完成だ。

「わ〜、美味しそうです。早く食べましょう」

「一日置くともっと旨いんだがな。残ったソースは冷凍しとくから、また由利と喰え。こいつは放っておくと永遠に冷凍庫にしまったままにするからな」

「なんでお前がそんなこと決めるんだよ」

「いいだろうが、俺も喰いに来るぞ。まだ七、八人ぶんはある」

「いただきま～す」

フォークにくるくる巻きつけ、口に運ぶ。口いっぱいにミートソースの味が広がった。肉の旨味と酸味の抜けたトマトの深い味わい。バジルやオレガノ、セロリ、ローリエなど鼻から抜ける数種のスパイスや香草の香り。粉チーズのコク。

「うちに置き飯していくな。喰いたきゃ持って帰れよ」

「いいじゃねぇか。ここの台所は広くて使いやすいんだ」

「う～、美味しい。ミートソースって太麺合いますね」

ナポリタンで使われるような極太麺がマッチしていた。店で食べるパスタは細麺が多いが、十五分待った甲斐があった。

「そう気軽に来られたら迷惑なんだよ」

「とかなんとか言って、実は俺の手料理が恋しかったんだろう?」

「馬鹿言え」

「サラダも美味しいです。なんですかこのドレッシング。まさか手作り?」

「そうだ。俺特性だぞ。胃袋を摑(つか)めとはよく言ったもんだよ」

「なまはげ面の嫁なんて誰が欲しがるんだよ。自己評価が高すぎるんだよお前は」

「ベーコンカリカリですよ。これ百目鬼さんが焼いたんですか? よくここまでカリカリにでき……」

二人の視線が自分に注がれているのに気づいて手をとめる。

「え？　あ、えっと……な、なんですか？」

「口の周りにソースがついてるぞ」

由利に呆れ顔で指摘された。慌てて拭うと、百目鬼が肩を震わせて笑う。

「そうか。旨いか。もりもり喰ってもらえると作り甲斐があるな。しっかり喰えよ」

「はい！」

久しぶりに三人で食卓を囲めたのが嬉しかった。

もとに戻ってよかった。

しかし、由利に一瞬だけ寂しげな表情が浮かんだ気がしてドキリとする。弟を亡くした傷は、簡単には治らないのかもしれない。けれどもいつかきっと乗り越えられる。

樹はそう信じることにした。

意外な相手から電話がかかってきたのは、それから五日後だった。

警察だと名乗られた時はあらぬ想像が広がったが、なんてことはない。落としものの持ち主が名乗り出てきたからだ。由利のことで頭がいっぱいで届けたこと自体忘れていた。

とても大切なものだったらしく、すごく感謝しているとのことだった。一瞬とはいえ声のするそれをもとの場所に戻そうとしたが、そうしなくてよかった。

「え、お礼ですか？　いや、そんないいですよ」

持ち主は父親の経営するカフェで働いているという。住所を聞いていいならコーヒーチケットの十枚綴りを送るから、近くに来た時にでも立ち寄ってくれと伝言があった。

「そうですか。じゃあ、寄らせてもらいます」

そう返事をし、店の場所と名前を聞いた。拾った場所からそう遠くはない。チケットが届いた数日後、タイミングよく市谷にバイクでどこかに行かないかと誘われた。

「どこでもいいの？」

「ああ」

秋晴れの空の下で風を切る。バイク乗りには最高の気分なのだろう。

「行きたい喫茶店があるんだ。コーヒーチケットあるから、ガソリン代の代わりに奢る」

「お、マジ？　やったね～」

市谷の後ろに乗り、喫茶店へ向かった。以前乗せてもらった時は暑くて信号でとまるたびに汗が噴き出たが、今回は快適だ。信号待ちしている時に、車の中から犬を抱いた子供が手を振ってきて、樹も手を振り返す。

店はすぐに見つかった。ウッド調の柔らかい雰囲気の店でテラス席もある。由利の母親が暮らす場所からもそう遠くはなかった。この辺りは店も多くて賑わっている。

「お、なんかいい感じ」

「結構あっさり見つかったね」

客は若い人から年配の人までさまざまだった。居心地のいい空間にはいろいろなタイプの人間が集まるものだ。

「やっぱ挽きたてのコーヒーはカウンターで飲むべきだろ」

市谷はカウンター席に一直線に向かった。中には口髭を生やしたマスターがいる。いかにもといった雰囲気だ。歩くと木の床がコツコツと鳴り、温かみが感じられた。目の前にはたくさんの一人用サイフォンが並んでいる。その都度淹れてくれるようだ。豆の種類も豊富に揃えてある。

「いらっしゃいませ」

エプロンをした青年がメニューを持ってきた。樹と同い年くらいで真面目そうだ。店の人はこの二人だけだ。彼が落としものの持ち主だろう。

「コーヒーチケットがあるんですけど」

「ありがとうございます。どのコーヒーにもお使いいただけます」

コーヒーは豆によって値段が違うが、一番高い価格のものでもチケットで飲めるようになっていた。スペシャリテと書かれた店のオリジナルを注文する。

「実はチケットを送っていただいた者です」

「あっ、あなたが白羽さん！　ありがとうございます。大事なものだったので、ほんと助かりました。しかも店まで来ていただいて。高橋っていいます」

「息子がお世話になりました」

「いえ、こちらこそチケットありがとうございます」

注文が入るとマスターが豆を挽きはじめた。ガリガリと豆が潰れ、砕ける音とともにいい香りが漂ってくる。

アルコールランプに火がつけられた。コポコポと音とともに沸騰したお湯が吸いあげられていき、市谷が興味深そうにその様子を眺めている。

「財布とかじゃないから、交番に届けてくれる人はいないだろうって半分諦めてたんですけど、念のため聞いてこいって親父に言われて駄目もとで。まさか届けてくれる人がいるとは思ってませんでした」

「そんなに大事なものだったんですか。よかったです。今日はちょうど友達にバイクでどこか行かないかって誘われたから来たんです」

「そうなんですよ。天気いいしコーヒーチケット貰ったって言うから。いい店ですよね。ゆったりしてて、俺ゼミサボりたくなった」

マスターが声をあげて笑った。高橋と名乗った青年が他の客に呼ばれると、彼は「お待たせしました」と淹れたてのコーヒーをカウンターに置く。手を伸ばし、カップから立ちのぼる香りを楽しんだ。苦みの中に微かな酸味があるフルーティーな味わいだ。フレーバーで楽しむコーヒーもいいが、ストレートは豆本来の力を感じる。

「お腹空いてないですか？　うちで一番人気のホットサンド食べていかれませんか？　もちろんご馳走(ちそう)しますよ。チキンは苦手じゃないですか？」

「チキン全然好きです。いいんですか？　いただきます！」

「ちょっとチガ」

図々しくないかと思ったが、マスターはニコニコ笑っている。こういう時は素直に奢られたほうがいい。

「じゃあ、僕もいただきます。すいません、なんだか甘えちゃって」

「いえいえ。息子の大事なものを拾ってくれたんですから。実はあれ、息子が小学生の時に仲がよかった友達の形見なんですよ」

形見。

つまり、あの品に宿っていたのは友人の想いなのだろう。何か伝えたいことがあったのだろうか。

性懲りもなくそんなふうに考えてしまい、慌ててその想いを振り払った。

ものに宿った想いをすべて拾っていたらキリがない。特に樹には由利ほどの力はないのだ。何度も自分に言い聞かせてきたことだ。興味を持ってはいけない。

「なくしたと気づいた時は本当に落ち込んでね。仲のいい友達だったから。だからわたしからもお礼を言わせてください。本当にありがとうございました」

深々と頭をさげられて恐縮する。

改めて届けてよかったと思った。他人にとってはたわいもないものでも、誰かの宝物だったりすることもあるのだ。

「すみません。こんな話したもんだから、ちょっとしんみりしましたかね？」

「いえっ。届けてよかったです、ほんとに。お役に立ててよかった」

ほどなくしてホットサンドが出てきた。プレートにはホットサンドとサラダ、ガラスの器に入った果物が載っている。盛りつけがお洒落だ。

「お、旨いっ」

市谷の第一声に笑い、樹もかぶりついた。

「んっ、ほんとだ」

市谷と目が合うと、二人で何度も頷く。

スライスしたチキンとハーブ。パンがチキンの脂を吸って蕩ける。表面は焼き色がつけられていて香ばしく、カリカリの部分とふわふわの部分、蕩ける部分と三重の美味しさが口に広がった。

「ヤバイ、超旨い」

「これ嵌まるよね。あ、いただいてます」

高橋はカウンターの中に戻ってくると、二人の様子を見て嬉しそうに笑った。

「息子の俺が言うのもなんですけど、親父のホットサンド美味しいでしょう？」

「はい。控え目に言って最高です」

「子供の頃から友達が家に来ると必ず作ってくれたんですよ。実は拾ってもらったものって、俺の親友の形見なんですけど……」

もう言ったよ、とマスターが伝えると、彼は懐かしそうに目を細めた。

「斗真もホットサンド好きだったな」

ドキリとした。

由利の弟の名だ。

まさか。

「樹、どうかしたのか？」

聞いていいか迷った。亡くなった友達が由利の弟なら、巡り合わせてくれたのかもしれない。これまでも想いが宿った人形が樹のところに来たこともあるし、電話を通じて鈴虫の音(ね)を聞かされたこともある。

樹の力が強くなっているという由利の言葉からも、ただの偶然とは思えなかった。

もし、由利の弟の想いが樹を引き寄せたのなら――。

「あの……すみません。ちょっと踏み込んだこと聞いてもいいですか？」

どう説明すればいいかわからないまま、樹はそう口にしていた。


市谷に家まで送り届けてもらった樹は、なかなか電話に出ない百目鬼にじれったさを感じていた。ようやく繋がったのは翌日の午後だ。

仕事を終えたばかりの百目鬼を頼るのは申しわけなかったが、自分一人で由利を連れていける気がしない。無理やり引き摺っていくなら彼は必要だろう。

「すみません、仕事中ですよね？」

『ああ、今警察署だ』

「百目鬼さんにお願いが。由利さんを連れていきたいところがあるんです」

奇跡のような縁について話すと、百目鬼は感心したように言う。

『すげぇ偶然だな。あいつの弟の同級生か』

「はい。高橋君っていうんですけど」

電話の向こうで男の怒鳴り声が微かに聞こえた。捕まった誰かが暴れているのか、それとも誰かが怒鳴り込んできたのか。騒然としているが、百目鬼はたいして気にしていないようだった。

「すみません、なんか大変そうな時に」

百目鬼は『気にするな』と笑った。やはり慣れているらしい。静かな場所に移動すると言う。ほどなくして百目鬼の背後の空気が変わった。

『で、その高橋って奴が持ってる形見が声を出してるのか』

「はい、拾った時に聞こえたんです」

残された想いは「さきん、さきん」と繰り返していたが、なんのことか彼と話してようやくわかった。彼が大事に持っていた瓶の中の砂は、斗真が川に行って取ってきたものだった。「さきん」とは砂金のことだ。

『砂金ブーム？』

「そうなんですよ」

きっかけは社会の授業中でカリフォルニアで起きたゴールドラッシュの話が出たことだった。一八五九年から始まったそれは、世界中を巻き込んで人々を熱狂させた。一攫千金(いっかくせんきん)を狙った者たちが次々とカリフォルニアに集まったのだ。

その歴史を聞いた子供たちは、日本の川にも砂金があるのではと言い出し、砂金採りがクラスでちょっとしたブームとなったという。ゴールデンウィーク前で川遊びに適した気温だったのもブームを後押しする要因だったのだろう。その年は、例年より早く夏日が来たというのだから。

『なるほどな。ゴールドラッシュか』

「釣り好きの友達が川に詳しいらしくて、清流釣りに行く場所にみんなを連れていったそうです」

『ブームはずっと続いたのか？』

「いいえ、割とすぐに収まったそうなんですけど……。斗真君は由利さんと海に行けなかったから川遊びをしたみたいに思われてますけど、本当にそうなんでしょうか」

百目鬼が唸る。

残された弟の想いを見つけたのに、あまり気が進まない様子だった。

『あいつの弟が一人で川に行って事故に遭ったのは、九月に入ってからだぞ』

「そ、そうですよね」

『お前わかってんのか？　宿ってるのは、俺たちが望むような想いじゃないかもしれねぇんだからな』

わかっている。

この偶然の先にあるのが、樹が思い描く大団円とは限らない。都合よく解釈しようとしているだけで、由利に対して何も残していないのかもしれない。斗真が残した想いが由利を傷つける可能性すらある。

しかし、このままでいいと思えないのだ。手を伸ばせば届くところに手がかりはあるのに、由利に黙ったままでいるのはよくない気がした。

彼は真実を知りたがっている。

そして何より、小瓶からは恨みのようなものは感じなかった。自分の感覚を信じるならば、由利は残された想いに触れるべきだ。

「お母さんから預かった形見の品を由利さんに届けた時、想いは残ってないってわかって、由利さんは寂しそうだったんです」

あの時の彼の表情が脳裏に浮かぶ。

いつも上から目線で口が悪く、人使いも荒い。けれども、恨みごとでもいいからと弟の想いに触れたがっていた。そんな由利の儚さを、彼の切なさを知ってしまった樹には、このまま黙っていることはできなかった。だから、なんとしても連れていきたい。

そう訴えると、百目鬼は『わかったよ』と言った。

『骨董品店で待ってろ。連れていくから』

「あ、でも僕も一緒に説得しに行きます。百目鬼さんだけにやらせるつもりは……」

『いや、むしろ俺一人のほうがいい』

百目鬼がそう言う以上頼むしかないが、どうやって連れてくるつもりなのだろう。

『まぁ、任せろ』

自信満々な言いかたに、嫌な予感がした。声が笑っているように聞こえたのは、気のせいだろうか。電話を切ると急に心配になってくる。

「大丈夫かな？」

ふいに風が吹いてきた。日が少し傾き、微かに夕暮れの気配が漂いはじめる。確実に夏が終わり、秋が足音を忍ばせて近づいているのを肌で感じる。

夏場と違う湿度の異なる空気に、樹はゾクリと身震いした。


「何しやがるんだ、このなまはげっ。てめぇ、ぶっ殺すぞ！」

罵倒に継ぐ罵倒が遠くから近づいてくる。スマートフォンに「もう着く」とメッセージが入って骨董品店の外で待っていたのだが、五分も経たないうちにこれだ。

徐々に迫ってくるそれに、樹は由利の怒りを想像して震えあがった。ドキドキと心臓が鳴っている。その姿がはっきり見えてくると、あまりの光景に唖然(あぜん)とした。

拉致してきた。

肩に担ぎあげられた由利は豪快に暴れているが、百目鬼は涼しい顔だ。大の大人一人を片手でこうも軽々と制圧するとはさすがとしか言いようがない。

「貴様っ、いい加減にしろ」

由利は手錠をかけられたまま渾身の力で百目鬼の背中をぼかすか殴っているが、百目鬼はどこ吹く風だ。人差し指で無精髭の生えた頬を掻きながら、平然としている。

「ほらよ、連れてきた」

米俵でも運ぶように、肩に担ぎあげたまま樹を見下ろす彼のなんとも頼もしいことといったら。

こうなると、なまはげというより人間から宝を奪って鬼ヶ島に帰る鬼の頭といったところだ。祝杯でもあげようと言わんばかりに勝ち誇った顔をしている。

「あの……これ、監禁罪になるんじゃないですか？」

「まぁな」

刑事ともあろう者が、まさかこんな手を使うなどと誰が想像するだろうか。なんとしても連れてきて欲しいとは思っていたが、ここまで強引とは。

「樹。てめぇもクソなまはげとグルか？」

百目鬼の肩の上で低く、威嚇するように言う由利に身が縮こまった。怒りでいつも以上に目つきが鋭くなっている。

これまで幾度となく不機嫌な時の由利を見てきたが、ここまでひどく怒りを露わにしたことはなかった。眉間には深い皺が寄り、切れ長の目は険しくなり、目につくものをすべて視線で焼き尽くさんとばかりに睨んでいる。黒いオーラが漂ってきそうだ。

「てめぇ、どういうつもりだ？」

「すすすすすすみませんっ。どうしても会ってもらいたい人がいて」

「だからなんでこいつが俺を拉致するんだよ！　手錠までかけやがって」

「心配するな。レプリカだ。本物使ったら免職だぞ」

「本物じゃなくても犯罪だろう！」

「まぁまぁ」

喚いても怒鳴っても、飄々とした態度で躱す百目鬼には効果がなかった。由利もわかっているらしく、怒り疲れたというように力を抜く。

「とりあえず俺を下ろせ。それと手錠も外せ」

「逃げるなよ。逃げたら……」

「――いいから早くしろ！」

百目鬼が言うとおりにすると、由利は手首を交互に掴んで動かした。ようやく自由になったが、怒りはまだ収まっていないらしい。目つきが人を殺す勢いだ。

「なんだよ話って」

「とりあえず中にどうぞ」

樹は二人を客間に通した。機嫌を取るために買っておいたアイスを出す。よく買いに行かされたお気に入りのものだ。バームクーヘンなどのお菓子も何種類か用意していた。

「こんなもんで俺の機嫌を取ろうなんて思うなよ」

そう言いながらも由利はアイスをあっという間に平らげ、お菓子にも手を出す。さらにふたつ目。次々と腹の中に収める様子は逞(たくま)しい。

「実はですね」

由利の機嫌が少しよくなったのを見計らい、落としものを拾った経緯について話しはじめた。思いのほかちゃんと聞いてくれる。

しかし、話し終わった樹にかけられた第一声は冷たいものだった。

「それが斗真の声だって保証はあるのか？　違う人間のかもしれないぞ」

さすがにそれは想定していなかった。百目鬼も同じらしい。

「でもっ、弟さんの形見なのは間違いないです。形見の品に他の人の想いが残ったりしませんよね？」

「あり得ない話じゃない。そういうケースも俺は知ってる」

「おいおい、それはレアな場合だろうが。わざわざそんな可能性を出す必要あんのか？」

「なんだよ。そのなまはげ面で俺に意見するってのか？　えっ？」

由利は座ったまま、隣にいる百目鬼の肩を右足でグイグイと足蹴にした。その器用さに感心する。だが、百目鬼にはまったく効いておらず、出されたバームクーヘンをむしゃむしゃと食べている。

「お前はほんと暴力的だな」

「拉致監禁罪に手を染めたお前に言われたくないよ」

「あの……喧嘩しないでください」

「うるさい」

ギロリと睨まれてひっ、と身を小さくした。今は多少収まっているが、またいつ怒りに火がつくかはわからない。

「とにかく、僕の力では砂金って言ってる声しか拾えませんでした。由利さんならもっとしっかり視られますよね。弟さんの声の可能性は高いんです。聞いてあげたほうがいいんじゃないですか?」

由利は鼻で嗤った。そして、平らげたアイスの棒を目の前に掲げ、じっと睨む。

固唾を呑んで返事を待っていると、ボソリとこう言った。

「五十円当たりだ」

由利を喫茶店に連れていったのは、翌日だった。

あのまま由利と百目鬼は樹の祖父母の家に泊まり、開店時間に合わせて出かける。

事前に斗真の兄ともう一人友人を連れていくと伝えていたからか、窓際の丸いテーブルを確保してくれていた。水をテーブルに置く時にさりげなく『予約』のカードをさげる。

「すみません、わざわざ席まで用意していただいて」

「いえ、斗真とは仲がよかったから、お兄さんにお会いできるのを楽しみにしてました。あ、高橋っていいます。高橋信正（のぶただ）です」

由利は「はじめまして」と頭をさげた。斗真の友達とあってか、由利は礼儀正しく振舞っている。百目鬼は何を食べようかと、さっそくメニューを開いた。

「どれも旨そうだな」

「なんでお前まで来るんだよ」

「いいだろうが。たまには人が作った旨いもん喰いてぇんだからよ」

コーヒーチケットを使い、市谷と一緒に食べたホットサンドも注文した。百目鬼はもう一品頼みたいと言い、メニューと睨めっこを続けている。

「早く決めろよ、待ってるだろ」

「ごゆっくり選ばれてください。斗真からお兄さんの話はよく聞いてました。滅茶苦茶お兄ちゃんっ子ですよね」

懐かしそうに笑う彼に、由利の態度もいつもよりずっと柔らかい。

「何を買ってもらったとか、どこに行ったとか、よく言ってましたよ」

由利は軽く相づちを打つだけだが、学校での斗真の話を聞く表情は穏やかだ。アルバムをめくっていくように記憶を蘇(よみがえ)らせ、想像しているのだろう。友人の口からどれだけ兄を慕っていたのか聞かされるにつけ、温かな喜びに包まれているに違いない。

百目鬼がカツカレーにすると言うと、マスターに注文を通して店の奥へ向かう。

「あ、形見の品でしたよね。今持ってきますね」

「すみません、わざわざ」

大事そうに運ばれてきたのは、樹が拾った袋だ。今は誰の声も聞こえない。

「俺、斗真が亡くなったのがショックで、お線香をあげに行ってやれたのが卒業式のあとだったんです。その時、お母さんと斗真の話をしたんですけど、仲がよかったんならって形見をいただいて。お守りみたいにしてたんです」

彼曰(いわ)く、試験の時など、大事な日にはポケットに入れていた。それを持っていると不思議と緊張がほぐれてなんでも上手く運んだ。

落とした時は、好きな女性をデートに誘う日だったらしい。

「あ、上手くいきました」

お守りのおかげだと笑う彼の、照れ臭そうな表情に由利も顔をほころばせる。

「コーヒーすぐにお持ちしますね」

袋がテーブルに置かれた。由利が手を伸ばそうとした瞬間、ドン、と衝撃が走る。

「……ぅ」

目の前に別の風景が浮かんだ。やはり由利はすごい。一人でいる時は声を聞いただけなのに、一緒にいるとその影響でこんなにも鮮明に見える。

広がったのは、夏の空と蟬の声に包まれた風景だ。

ランドセルを背負った斗真がいた。手にはノートが握られている。夏休みの宿題で出された日記だ。とぼとぼと歩く理由は大体想像がつく。

クラスの友達には楽しかった想い出がいっぱいあった。

両親の実家への帰省。家族旅行。海水浴。バーベキュー。どれも斗真には縁遠いもので、日記に書けるようなイベントがない斗真は友達が羨ましかったに違いない。

「おーい、斗真！」

後ろから追いかけてくる少年に斗真はふり返った。高橋だ。店でにこやかに接客している彼の面影がある。

「なー、斗真。先生なんて？」

「ちゃんと宿題出せってさ。なんで提出しないんだって怒られた」

「先生怖ぇ。お前夏休み兄ちゃんと海に行くの楽しみにしてただろ？　なんで書かなかったの？　書けばよかったのに」

　元気のない斗真の顔を少年は覗き込んだ。元気づけようとしている。

「行かなかった」

「え？」

「結局、行けなかったんだ。兄ちゃん、忙しかったみたいで帰ってこなかった」

「そっかぁ。残念だったな」

「海はいいんだ。行きたいけど、兄ちゃんと会えるだけでいいし」

　斗真は残念そうに視線を落としたが、気を取り直したように顔をあげた。

「あ、でも新しい靴送ってくれたんだ。ほら、かっこいいだろ」

「うお。それ早く走れるやつだ！」

　本当はプレゼントよりも兄と過ごす時間のほうが欲しかった。けれどもそれは我が儘だとわかっている。定期的に金を送り、必要なものや欲しいものを買ってくれるのだ。

　これ以上、兄に何かを望んではいけないと子供心にわかっていた。

「じゃあさ、今度また川行こうぜ？　前にみんなで砂金採り行っただろ？　俺、あれからヤマメ釣りにちょっと嵌まってさ、夏休みにお父さんとも行ったんだ。道具貸してやるから、お前も一緒に連れていってもらおう」

「うん！」

分かれ道に差しかかると「じゃあな」と言って互いに手を振る。

高橋と別れた斗真は立ちどまってその背中を見送りながら、あることを思いだす。

ゴールデンウィーク頃に流行った砂金採り。社会の授業で聞いたゴールドラッシュ。多くの人を熱狂させた一攫千金の夢。

それは、小学生の斗真にとっても同じだった。

「そっか。そうだよ。俺が砂金採って兄ちゃんに楽させてやればいいんだ」

なぜ、今まで気づかなかったのだろう。お金があれば母親が夜の仕事に出なくていいし、兄も苦労しなくて済む。斗真の胸に希望が広がった。

そして、事件は起きる。

その日は、前日の大雨が嘘のように晴れていた。クラスのみんなは砂金採りには関心をなくしていて誰を誘っても行かないとわかっていた。だから誰も誘わなかった。そして何より、一人のほうが存分に砂金採りに集中できる。

「俺が大金持ちになったら、兄ちゃんと一緒に暮らせる。兄ちゃんばっかり苦労させられないもんな」

目がキラキラしていた。

兄が必ず迎えに来ると信じていた。けれども待ち遠しかった。待ち遠しくて待ち遠しくて、自分でも何かせずにはいられなかった。

晴れた空が、その日の川が安全だと斗真に思い込ませてしまう。川が危険な状態だなんて気づきもしなかった。

「うわ、あった！　本当に砂金が採れた！」

金色の粒を見つけた斗真は、小瓶に入れた。日にかざすと、キラキラ光っていかにも価値がありそうだ。それをポケットにしまい、さらに夢中になって探した。多少雲が広がってきても、気にしなかった。

結果、鉄砲水に巻き込まれる。

兄といたかった。一人で頑張る兄の助けになりたかった。ただそれだけだ。

純粋な兄への想いが不運な形で斗真をこの世から連れ去ったのは、誰のせいでもない。


ハッとした。

周りを見渡すと、喫茶店のゆったりとした空間が広がっているだけだ。

「見えたのか？」

百目鬼が二人の様子を見て察したように言う。

「お待たせしました」

コーヒーが先に運ばれてきた。由利は少し動揺しているようで、それを隠すようにカップに手を伸ばす。淹れたてのコーヒーはいい香りがした。

「そうか、俺のために川に行ったのか。俺のせいで……」

海に連れていってもらえなかったからではなかった。約束が守られなかったことを恨んでもいなかった。会いたがっていた。けれども、それが由利にとって救いになるかは別だ。

兄を助けるために川に行ったのは確かだ。弟の死は自分のせいだと思っただろう。

責任を感じる由利にかける言葉を探した。だが、息がつまるだけで何も浮かばない。百目鬼に視線で助けを求めたが、目を合わせたまま小さく首を横に振る。

「あ、それよかったらお兄さんが持っていてください」

「え？」

「ずっとお守りにしてたけど、これはお兄さんが持っているべきだと思います。僕も無事に彼女をデートに誘えたし、十分助けてもらったから」

由利は本当にいいのかという顔をしたが、どうぞと手で促されて頭をさげる。大事そうに袋を手に取ってじっと眺めた。何も言わないが、謝っているようにも見える。

「よかったら袋から出して中を見てください。砂金みたいなのが本当にひとつだけ入ってるんですよ。違うらしいですけど。頑張って探したんだと思います」

彼が他の客に呼ばれて注文を取りに行くと、由利は袋から小瓶を出した。三分の一ほど砂が入っており、振ると三ミリくらいの金色の粒が入っているのがわかる。

砂や小石ではない。金色のそれは純金のような輝きを放っていた。

キラキラしたそれは、子供が見たら砂金だと思うだろう。綺麗な砂だった。なめらかな表面は光を吸い込み、内側から輝いている。

「砂金、か……」

由利がつぶやいた途端、声がした。

兄ちゃん、大好き。

百目鬼を見たが、何も聞こえていないようだ。しかし、由利は違った。手にした小瓶の中から溢れる想いを感じ取っている。

「ぁ……」

空気が変わった気がした。今度は映像ではない。声だ。いや、これはおそらく想いだ。それは勢いよく迫ってくるが、泡つぶのように弾力があり、触れた途端優しくパチンと弾ける。そして、中から斗真の想いが溢れ出すのだ。

兄ちゃん、大好き。

母親の連れてくる男の暴力から弟を護る兄。いじめっ子に殴られた時は、すぐに仕返しに行ってくれた。心ないことを言う相手には容赦なかった。

由利が家を出る時は、必ず迎えに来ると約束してくれた。不安にさせないためにこまめに連絡をしてきて、美味しいものを食べに連れていってくれた。

由利が自立する前は食べられなかったレストランのお子様ランチ。チキンライスの旗と付属のおもちゃは少し恥ずかしい歳になっていたが、それでも胸が躍った。ハンバーグにはデミグラスソースがたっぷりかかっていて、大きなエビフライもついている。

二人で向かい合って食べるそれは、それまで口にしたどんなものよりも美味しかった。また、いつもは我慢する商店街のソフトクリームも帰りに買ってもらった。欲しかったカードゲームは、会う時必ず持ってくるお土産だった。

だが、兄の帰りを楽しみにしていたのは、それらが理由ではない。

お子様ランチも新しい靴も対戦カードも、なくてよかった。身勝手な大人から護ってくれた兄と会えるだけでよかった。学校で何をしたか、ちゃんと話を聞いてくれる兄が大好きだった。

夜の仕事で疲れ、酒の残る頭を抱えながら出勤の準備をする母親には、求められなかったものを兄が与えてくれた。

ねぇ、兄ちゃん。今日学校でね。

そう言うと、兄はなんでも聞いてくれる。話が尽きるまで耳を傾けてくれる。

電話の向こうから聞こえる返事は、母親の生返事とは違っていた。

ねぇ、兄ちゃん。ねぇ、兄ちゃん。大好き。

小瓶に閉じ込められていた斗真の想いは、加速していく。

これまでとは違った形で現れた想いは、花嵐の中にいるようでもあり、滝の近くに立った時のようでもあった。途切れることのないそれを浴びるのは心地いい。

ねぇ兄ちゃん。大好き。大好き、兄ちゃん。

想いのシャワーのように、いつまでもそれは続いた。

そして――。

ねぇ兄ちゃん。俺が砂金採るから、一緒に暮らそう。

まるで言い聞かせるような声だった。それまでの圧倒されるほどの勢いとは違う。大事な人に花を贈るように、優しく添えるように、彼の一番の望みが由利へと届けられる。

最後にもう一度。

兄ちゃん、一緒に暮らそう。

斗真の心にずっと大事に抱えられていたのは、ささやかな願いだ。こんなに優しい想いがあるのだろうか。それに触れられたことを幸運とすら感じる。

「普通の川に砂金なんてあるわけないだろ、馬鹿」

由利は笑った。そして、泣いていた。

頬を伝う涙を見た百目鬼は、二人が触れたのがどんなものだったのか察したらしく、口元に笑みを浮かべている。

「ありがとな、斗真」

そう言って小瓶を軽く振り、砂金のような粒の入った砂をシャン、と鳴らす。

「お待たせしました」

ホットサンドが運ばれてきた。

「お、旨そうだな」

「ほんとに美味しいんですよ。癖になりますよ」

カツカレーも続けて運ばれてくると、百目鬼がさっそくスプーンを手に取る。

由利が涙を拭くのが視界の隅に映った。

「ったく、よくそんなに喰えるな」

「カレーも美味しそうですね」

「おう、旨いぞ。カツが分厚い」

あっという間に半分ほど食べた百目鬼は、皿をずらして今度はホットサンドにかぶりつく。その間に由利がカレーの皿を自分のほうへ引き寄せた。

「ひと口よこせ」

「うお！　なんだお前、勝手に喰うやつがあるか。しかも真っ先にカツ喰いやがったな」

「心配するな。お前のスプーンは使ってない」

「当たり前だろうが。お前と間接キスするつもりはねぇぞ」

「大体、カレーの匂いさせるほうが悪いんだよ」

いつもの由利に戻ったのを見て、樹は笑った。この空気感が嬉しい。

「確かに由利さんの言うとおり、カレーの匂いがしたら食べたくなりますもんね」

「お前も喰うか？」

「なんでお前が俺のカツカレーを喰うのを許可するんだ」

百目鬼が慌てて皿を奪い返す。いつものやり取りが心地よくてならない。

樹はホットサンドを頬張りながら、由利の傍に置かれた袋に目をやった。それは、本来持つべき者のところへ辿り着いたように見える。ずっと一緒にいたかった兄の傍で、斗真が笑っている気がした。

由利のたった一人の弟。想いが届いてよかった。


三週間が過ぎた。

樹は学校とアルバイトで忙しい日々を過ごしていた。喫茶店で食事したのを最後に、由利とも百目鬼とも連絡は取っていない。学園祭の準備も本格的になってきて、時間がめまぐるしく過ぎていく。

もう会うことはないのかと思いながらも、入らない由利からの着信を心のどこかで待つ日々が続いた。寂しい気持ちになるのは、日に日に濃くなる秋の気配のせいだろうか。

落ち葉をシャリ、と踏む音が、心の渇きを意識させる。

「は～、レポート書かなきゃ」

なかなか進まない課題にため息を零し、図書館に向かった。来週までに出さなければ、単位に響く。厳しいと噂の教授だけに気が抜けない。

学生証を出して図書館に入るなり、ポケットの中でスマートフォンが震えた。ディスプレイには『要注意人物』と表示されている。

「ぎゃ！」

思わず声をあげ、勉強中の学生と目が合った。睨まれ、身を小さくして廊下に出る。あんなに待っていたのに、いざかかってくると身構えてしまう。何を言われるだろうとドキドキしていた。

『お前、借金踏み倒す気じゃないだろうな』

ドスの利いた声に、やはり由利だと乾いた笑みが漏れた。「久しぶり」でも「元気にしてたか？」でもない。

そうだ、これが由利だったと、久々に聞く不機嫌な声に心を和ませる。

「お久しぶりです」

『久しぶりじゃないだろ。お前、俺に借金があるの忘れてないだろうな』

「お、覚えてます」

正直なところ忘れていた。というより、由利を怒らせた時に「二度と来るな」と言われたのだ。あの言葉には、借金の返済などどうでもいいという意味も含まれていたはずだ。

だから、すっかりないもののような気がしていた。

由利との関係がもとに戻って以来、一度も用事を言いつけられたことはなかったのも手伝って、自然に記憶から抜け落ちていった。

『今すぐにアイス買ってこい。いつものやつだぞ』

「は、はいっ」

『三十分以内に来いよ』

「了解です!」

一方的な注文だったが、樹はなぜか嬉しかった。

急いで図書館をあとにし、バス乗り場に向かう。大学から由利のマンションへは、バスでいったん駅まで出てから十分ほど歩かなければならない。三十分でアイスを買っていくのは無理だったが、思ったより早く着いた。インターホンで呼び出してオートロックを解除してもらい、部屋のチャイムを鳴らす。

走ってきたから、自分の心音がトクトクと聞こえていた。中で人の気配がすると、ドアが開く。

「由利さん、買って……」

言いかけて、目に飛び込んできたものに一瞬言葉を奪われた。

「ど、百目鬼さん！　……何、してるんです、か……？」

頭のてっぺんからつま先までゆっくりと視線で辿る。

「おう、入れ」

「入れって、その格好」

百目鬼は割烹着（かっぽうぎ）姿だった。樹の祖母が台所仕事をする時によく着ていたものだ。頭に三角巾もしている。まさに田舎（いなか）のお婆ちゃんといったところだ。あまりに似合わなすぎて、逆に受け入れてしまう。

「蕎麦（そば）打ってんだよ、蕎麦」

「蕎麦ですか。刑事さんなのによくそんな時間ありますね」

「ねぇよ！　あいつにやれって言われたんだ。勝手にお袋さんに会った罰だとよ。お前も覚悟しとけ。何命令されるかわかんねぇぞ」

身がキュッと締まる思いがした。そうだ。由利に無断でお母さんに会いに行ったのだ。もういいとは言われたが、許す代わりにと何か命令されれば断れる気がしない。

樹は恐る恐る部屋に入った。

「ご無沙汰してます。アイス買ってきました」

由利はソファーに寝そべってスマートフォンを見ていた。そのままの姿勢でアイスをよこせとばかりに手を伸ばす。

「どれがいいですか？」

「いつものだよ」

「いつものって、何種類かあるでしょ」

「ブラックマッターホルン」

バニラアイスにチョコクランチを纏わせたアイスを渡すと、満足げに食べはじめる。残りのアイスを冷凍庫に入れようとキッチンに入ると、百目鬼が蕎麦を延ばしているところだった。

「大変そうですね。蕎麦打ったことあるんですか」

「ねぇに決まってんだろうが。あいつの嫌がらせだよ。悪魔みたいな男だからな」

ますます何を命令されるか恐ろしくなる。手伝うと言って火にかけてある鍋を覗くと、中には肉とつゆが入っていた。

「鴨つけ蕎麦だぞ」

「鴨つけっ⁉　美味しそうです」

「そうだろそうだろ。そこの太ネギを細切りにしろ。あとそこに柚があんだろ。皮を剝け。白い部分は苦みが出るから表面だけこそぐようにな」

包丁を手に取ると、まず太ネギを切っていく。細くするのに苦戦したが、柚はさらに難しかった。表面だけと言われても、白い部分まで切ってしまう。

「なぁ、樹。由利の奴な」

「はい」

「本当はお前に連絡したくてもできなかったんだよ」

「え、どうしてです？」

延ばした蕎麦を、百目鬼は無骨な手で丁寧に畳んで同じ幅に切っていく。器用な手だ。

「泣き顔見られただろうが。それに、弟の件ではお前のおかげで残された想いを受け取れたんだ。本当は感謝してるんだよ」

「そうでしょうか」

由利は食べたアイスの袋を放置したままスマートフォンを見ていた。相変わらず片づけることを知らない。

「あいつはひねくれてるからな。素直に『ありがとう』が言えねぇんだ。でも、お前さんに感謝してる。今日呼んだのも、お前にも旨い飯喰わせたかったからだよ」

「そうですかね」

「買いものが済んでも帰れとは言わないだろ。一緒に飯喰ってけってことだ」

「そっか。そうですよね」

弟のように思ってくれているのかと、少し嬉しくなった。

蕎麦が茹であがるとザルにあげ、器にたっぷりのネギを入れて熱々のつゆを注いで鴨肉も入れる。柚を添えてできあがりだ。

「できたぞ、由利。席につけ」

テーブルに三人ぶん準備がされているのを見ても、由利は何も言わなかった。やはり、最初から一緒に食べる気だったのだ。

「いただきま〜す。んっ、美味しい！」

蕎麦の香りと歯応え。たっぷりのネギはシャキシャキで、柚の皮がアクセントになっている。鴨肉は柔らかくて脂身とのバランスがいい。

「店で出せますよ、これ」

「そうか。そうだろう。由利はどうだ？」

「まぁまぁだな」

「何がまぁまぁだ。最高に旨いじゃねぇか。クックパパットでレシピを見ただけだぞ。俺は料理の天才だな」

「何が天才だ」

そう言いながらも、由利は美味しそうに食べていた。本当に素直じゃない。

「あ、そういや樹。お前、蔵の片づけはどうなってんだ？　まだやってんだろう？」

「まだまだ残ってます。続きは冬休みに」

「また声がしても俺を呼ぶなよ」

釘（くぎ）を刺す言いかたに、暗がりで眠る骨董品たちを思いだす。店だけでなく、蔵にもいろいろと眠っているのだ。その中のどれかに想いが宿った品物が潜んでいるかもしれない。冬休みに入れば、蔵の整理が始まる。ちゃんと終わらせることができるだろうか。また変な声を聞いたりはしないだろうか。

厄介な力を身につけたものだと思うが、それもいい気がした。

この力があったから由利と出会い、百目鬼に出会い、いろいろな想いに出会えたのだ。浄化させることもできた。

「何ニヤニヤしてるんだよ？」

「いえ、なんでもないです。あ、僕お替わりしていいですか？」

席を立つと、透かさず由利から「俺も」と空になったザルを渡された。

本作品は書き下ろしです。

心残(こころのこ)り繋(つな)ぎ屋(や)
～白羽(しらは)骨董店(こっとうてん)に想(おも)いは累(かさ)ねる～

2024年3月10日　初版発行

著　者　中原一也(なかはらかずや)

発行所　株式会社　二見書房
東京都千代田区神田三崎町2-18-11
電　話　03(3515)2311[営業]
03(3515)2313[編集]
振替　00170－4－2639

印　刷　株式会社　堀内印刷所
製　本　株式会社　村上製本所

二見サラ文庫

本作品に関するご意見、ご感想などは
〒101-8405　東京都千代田区神田三崎町2-18-11
二見書房　サラ文庫編集部　まで

ISBN978-4-576-24000-8
https://www.futami.co.jp/sala/